エロゲの伯爵令嬢を奉仕メイド堕ちさせる悪役御曹司に転生した俺はざまぁを回避する

Nariagari Yuusya no Gakuin Harem Musou

「このメイナをお好きなようにお扱いください」
メイナ・マルク
ノルドとマリアンヌの乳母メイド
「どれほど、この日を待ちわびたことか……」
エリーゼ・マグダリア
『成り上がり勇者の学院ハーレム無双』のメインヒロイン

リリアン・ブラシカ
勇者学院の学院長
「よろこんでノルドを当学院の教員として採用させていただきます」
マオ・ガン・ツェン
魔王配下の四天王の一人
「ノルドに飼ってもらうまで居着いてやる」
「まりぃ、かっこいいお兄しゃまと結婚しゅる！」
マリアンヌ・ヴィランス
ノルドの妹

「口ではなんとでも言えるが
身体は本当に正直だ」
ノルド・ヴィランス
勇者からエリーゼを寝取る
悪役御曹司

「誰があなたの穢れた手など
気持ち良いなどと思うものですか！
さあ、お好きにすればいいのです」
エロゲ内イベント

「はあ、はあ……
くせになっちゃいそうです。

エロゲ世界転生後イベント
「ああん……ダメなのに……」
私はむさぼるようにノルドさまに口づけを重ねていました。

CONTENTS

Nariagari Yuusya no Gakuin Harem Musou

SAVE LOAD CONFIG AUTO SKIP

エロゲの伯爵令嬢を奉仕メイド堕ちさせる悪役御曹司に転生した俺はざまぁを回避する

その結果、メインヒロインが勇者学院で毎日逆夜這いに来るのだが……

東夷

ファンタジア文庫

3472

口絵・本文イラスト　をん

エロゲの伯爵令嬢を
奉仕メイド堕ちさせる
悪役御曹司に転生した俺は
ざまぁを回避する
Nariagari
Yuusya no
Gakuin Harem
Musou
SAVE LOAD CONFIG AUTO SKIP
Newgame
Load
Option
Exit

序章　エロゲの悪役御曹司ノルド

バ————————ン！

なんだよ、このクソエロゲ！

『成り上がり勇者の学院ハーレム無双』ってタイトルが詐欺なんじゃねえかと俺は思わず、机を台パンしてしまった。略して『成勇』、とにかく主人公のライバルキャラのノルドが強すぎて、ストレスしか溜《た》まんなかったからだ……。

なにが「寂しいお紳士の股間にズッキュンどストライクにございます」(by SACHI HIDE) だよ！

だが、どちゃくそかわいいエリたんのサムネに釣られ、大人紳士向けECサイトからフルプライスで買ってしまった以上、途中で投げるわけにもいかず、俺はプレイを再開する。


————とある勇者学院の闘技場。

黒い特注の制服に身を包み、眼光鋭い黒髪の青年が、闘技場の石床に剣を杖代《つえ》わりにして膝をついてしまった金髪の男の子に対して言い放つ。

「勇者の才があるからと期待したが、ただの俺の思い違いだったようだな。ケイン……まったくおまえにはがっかりだ！」

ため息混じりに落胆の色を見せた男の名はノルド・ヴィランス。年のころは15歳、どす黒い精神を宿しながらも長身かつイケメン、アッカーセン王国の公爵令息だった。

ノルドは金髪の男の子の攻撃を一切寄せつけず、無傷。一方の男の子は全身打撲に加えて、骨折に裂傷、擦過傷を負っている。

ケインと呼ばれた男の子は『成勇』の主人公で、ノルドと同級生だった。ケインの意識はあるものの、そのまま床に倒れた。が、ケインはノルドを睨《にら》みつけて最後の抵抗をする。

「なんだ、その眼《め》は？　俺に負けたのがそんなに悔しいのか、ああではもっと悔しがらせてやろう」

「ぐぅ……」

床についたケインの手のひらをノルドは丹念に磨かれた革靴で踏みつけ、煙草《たばこ》の火を消すように踏みにじった。

「平民の分際で俺に逆らった愚かさを知るがいい」

「うぐ――――っ！」

ドゴッと鈍い音が闘技場に鳴り響く。ノルドがケインの脇腹に強く蹴りを放つとケインの身体《からだ》は闘技場の床をバウンドしながら転がっていった。

「ケインっ！」

ケインの身体が場外へ落ちそうになったとき、見目麗《みめうるわ》しい令嬢が観客席から飛び出し、彼を庇《かば》うように覆いかぶさった。

彼女の名はエリーゼ。

銀の髪が陽《ひ》の光に照らされると眩《まばゆ》いくらいに美しく反射する。その蒼《あお》い瞳はいくら深く見つめようとも底まで透き通っていた。

王立勇者学院の生徒ならば、みな一律の規則に則《のっと》った制服を着ているはずなのに類い希《まれ》な容姿と十五歳とは思えぬほど、成熟した艶めかしい容姿に男たちは目を離せなくなる。

王国の者は彼女を見た瞬間祈りを捧《ささ》げてしまうほどで、生まれながらにして聖女の資質を持ち得ていると言えた。

エリーゼはすぐさまケインの容態を見て、回復魔法をかけようとした。

「傷つき倒れたる哀《かな》しき者を地母神ユルハの慈悲にて癒やしたまえ！」

だが詠唱途中でケインは彼女の腕を摑《つか》んで回復を拒んだ。

「エリー……ダメだ……これはボクとノルドとの決闘なんだ……危ないから、はぁはぁ……下がってて……」

ケインの身を案じたエリーゼは立ち上がると禍々《まがまが》しいまでの闘気をまとうノルドへ怯《ひる》むことなく呼びかける。

エリーゼの立ち姿を見たノルドは思わず、舌なめずりをする。学院の制服があまりにも扇情的だったためだ。

ベストほどの長さしかないブレザーに、短めのスカートでより広がる絶対領域。

だがそんなことは些細《ささい》なこと。

勇者学院の女子の制服のブラウスは短く、みなヘソ出しルック……。そこにエリーゼの美貌が加われば、色香のチート無双と言っても過言ではない！

「ノルド！　もう決着はついています。これ以上の狼藉《ろうぜき》はお止《や》めなさい」

「狼藉？　馬鹿なことを……俺に決闘を挑んだのはそこにいる痴《し》れ者《もの》だ。それにケインが負ければ……おまえは……くく……」

──平民なんざやっちまえ！

──由緒《ゆいしょ》ある学院に平民など不要！

「なにを言うのです！　彼はこの王国を救おうと……」

観客席からケインを蔑む野次が飛び、エリーゼが観客席を見回し困惑していた。

そんな野次の合間に、闘技場の入退場口から燕尾服《えんびふく》に身を包んだ壮年の男がやってくる。

「ノルドさま、例の件うまくことが運びました」

「そうか。下がっていいぞ」

「は！」

男は無表情で淡々と必要なことだけをノルドに伝えるとそのまま闘技場から立ち去った。

情報を受け取ったノルドは愛剣の蛇腹剣ガリアヌスを引きずり、エリーゼのまえに立った。

「エリーゼ、こんなところで油を売っていてもいいのか？　マグダリア伯爵は裏で隣国とつながり、あろうことか国王に反旗を翻《ひるがえ》そうと画策していたのだ。なんと愚かしいことか……大罪人のおまえの両親は明日にでも断頭台で首を落としていることだろう」

「なんですって⁉　お父さまもお母さまも陛下に反旗など翻すはずが……まさかノルド！　あなたが両親を……」

驚くエリーゼだったが、すぐに目の前の者の策略だと看破する。しかしノルドは悪びれる様子もなく首を左右に振りながら、エリーゼに到底受け入れられるものではない提案をしていた。

「人聞きの悪いことを言う。おまえたちの祖先は国王の忠実なる番犬だったというのに、いまはどうだ？　おまえたちの日ごろの態度というものがなっていないのだ。だがエリーゼよ、よろこべ。心優しい俺はおまえの助命だけはしてやろう。ただし俺に奉仕するメイドとしてな」

「あなたに養われるくらいなら、いっそここで私は命を断ちます」

「ほう、それは面白いが、おまえにそれができるかなぁ？」

エリーゼが太股《ふともも》に隠したナイフに触れたとき、息も絶え絶えにケインが彼女を諭す。

「エリー……いき……ろ……」

「ケイン！」

エリーゼはぼろぼろと涙を流しながら、意識が薄れてゆくケインを抱きしめたのだった。

それからノルドの言ったことが本当だと知ったエリーゼはメイド服を着せられ、不安げな表情のまま彼の部屋にいた。

（いやいや、おいおい……エリたん、ノルドに寝取られるのかよ！）

メイド服と言ってもスカートの丈が長かったりと慎《つつ》ましいものではなく、エリーゼの格好は酒場の給仕《きゅうじ》担当か、立ちん坊の娼婦《しょうふ》か、どちらとも取れる扇情的な衣装。ビスチェの胸元は大きく開き、谷間どころか乳輪までも見えてしまいそう。

スカートの丈は短く油断するとすぐに下着が見えてしまい、はしたない姿をノルドに見られ、エリーゼは顔を熟れたリンゴのように赤く染めてスカートの裾を摑んで下着を隠した。

だが前を覆えば、後ろのおしりが露《あら》わになってしまい、それを見たノルドが笑う。

「くくく……いい眺めだ。アッカーセン王国……いやこのフラノア大陸において、もっとも美しいと評されるエリーゼが俺にご奉仕するメイドになり、夜の相手をしてくれるんだからなぁ！」

「誰があなたの相手など……」

「いいのか？　俺の言う通りにしなければ、おまえの両親は処刑……俺を満足させられれば、国王のジョンに助命の嘆願を出してやってもいいんだがなぁ〜。その気がないなら、俺はいますぐ寝る」

「お待ちなさい！」

「あ〜、だりい」

ノルドはわざとらしい欠伸《あくび》をして、ソファの手すりに足を投げ出して尊大な態度を取った。彼がテーブルに置かれたベルに向かって指を弾《はじ》くと黒服の執事が現れ、エリーゼを退出させようとする。

「ノルドさまは就寝にございます。お下がりを」

すると彼女は慌ててノルドの下に駆け寄り、彼のまえで跪《ひざまず》いた。

「ま、待ってください……なんでもいたします。だからお父さまとお母さまをどうかお救いください」

「最初から素直に応じておけばいいものを……」

ノルドは首を振って呆《あき》れていたが、気丈なエリーゼを屈伏させるよろこびをひしひしと感じていた。顎をくいっとさせ、無言で執事を下がらせるとエリーゼに言い放つ。

「だが俺は寛大だ。エリーゼ、おまえにチャンスをやろう」

ペタン座りするエリーゼのまえに股間を突き出したノルドは言葉を続ける。

「俺をイカせられたなら、おまえの両親の助命を願い出てやってもいい」

「イカせるとはいったい……」

ノルドの言った言葉が分からず戸惑うエリーゼ。

「これはいい！　奥手の勇者候補と初心《うぶ》な令嬢、寝取るには最高の組み合わせじゃないか！」

エリーゼの反応を見たノルドは反り返って爆笑していた。笑いすぎたために出た目尻の涙を拭うとノルドは彼女の耳元でささやく。

「舐《な》めて咥《くわ》えるんだよ、男のモノを、な」

ノルドはズボンと下着を一気に脱いだ。

「け、穢《けが》らわしい……そんなものを見せるだなんて⁉」

恥ずかしさの余り、手で顔を覆い隠したエリーゼをノルドは脅しながら、彼女の手を摑んで見せつけた。

「くくく……いいのか？　おまえの両親の命がかかってるんだぞ。さあ、早く舐めろ！」

「ううっ、そんなところを舐めるなんて……」

ケインとはキスすらしておらず、手をつなぐだけという清い関係だったエリーゼはノルドの下半身を顔に近づけられて、吐き気を催しそうになっている。

「ああ、今晩は冷えるな。俺の気が変わらぬうちに始めたほうがいいぞ」

恐る恐るエリーゼは覚悟を決め、ことを始めた。


エリーゼの麗《うるわ》しい唇と清らかな舌は凌辱《りょうじょく》され、ノルドの薄汚い欲情を咳《せ》き込みながら吐き出している。

「この程度ではおまえの両親を助けるのは無理だな。せいぜい処刑の日を先延ばしにしてやることぐらいだ」

「そんな……」

瀟洒《しょうしゃ》な絨毯《じゅうたん》に手をつき、青ざめた表情でエリーゼは仁王立ちするノルドを見る。

「次はうまくやりますから、どうか……両親だけは……」

エリーゼは不慣れな奉仕を詫《わ》びて、見たくもない、嗅ぎたくもないノルドの下半身に必死にすがりついた。

「くくく、聖女とまで称されたおまえが今は娼婦のようだ。その心がけだけは褒めてやろう。だがそれはもういい」

ノルドがエリーゼの身体を軽々と抱え上げ、ゆっくりとベッドへ向かってゆくと、初心なエリーゼでもノルドの意図を見抜いたのか、ぽかぽかと握った手で叩《たた》いて抵抗を試みるが、ノルドはまったく動じない。

抵抗も虚《むな》しくエリーゼの身体はベッドに寝かされてしまう。ノルドはエリーゼが逃げられないようすぐさま彼女の手足を押さえ、覆《おお》いかぶさった。

それだけに止《とど》まることなく、メイド服の胸元を強引にずり下げるとエリーゼのたわわに実った乳房が露わになった。

「素晴らしい！」

慌てて押さえられていないほうの手で乳房を隠すが、エリーゼの極上の果実を思わせる乳房の美しさと漂う良い香《い》りはノルドを飢えた狼《おおかみ》へと変貌させてしまう。

「そんな大人の男が乳房を……ん！　んん〜〜！」

　ノルドはエリーゼの乳房を見て、ただただ打ち震えてひとこと賞賛を述べることしかできないでいたが、それも五秒と保《も》たずにノルドは赤ん坊のようにエリーゼの胸に吸いついた。

「はりめれにしれはきゃんじているひゃないきゃ、この淫乱聖女め！」

「ち、違いますぅ……淫乱聖女などでは……ん……ござい……ません」

　いやなのに、ノルドに舐められ甘い声を上げてしまいそうになったエリーゼはきゅっと唇を噛《か》みしめ、必死で声を殺し堪えている。

　にたりと笑ったノルドが指を弾くと、召使いの控え室から数人の男が出てきた。

「うー、うー、うぅぅぅ……」

　そのなかには、ノルドの手下に手足を拘束された上に猿ぐつわまではめられたケインがいる。

「ほぉら、エリーゼ見てみろ。おまえの最愛の男がギャラリーだ」

「いやっ、いやっ、見ないで、見ないでケイン！　イヤァァァ――――‼」

　エリーゼの願いも虚しくケインは髪を掴《つか》まれ、無理やり頭を固定されてしまっていた。

「ん――！　ん――！　んんん――‼」

「俺は情けないケインに女の扱い方というものをレクチャーしてやろうと思う。どうだ、

ありがたいだろう。俺が飽きたら、おまえに下賜《かし》してやっても構わんぞ、はははははは！」

ノルドはエリーゼの後ろにつくと股を広げさせ、彼女の下着をケインに見せつけるように、太股を撫《な》で始めたのだった。

ノルドの指捌《さば》きは蛇が地を這《は》うように動き、エリーゼの太股を撫で回す。

「ほう、頑張るじゃないか。では直《じか》に触れてみてはどうかな？」

「ひっ⁉」

ケインの目の前で感じてしまったことを悟られぬよう必死で堪えていたエリーゼを地の底に落とすようなひとことに彼女は目を見開いて、ベッドの上で後ずさりしてしまった。

「どこに行こうというのかな？　おまえはこのベッドから……いやすでに俺から逃れられぬというのに」

広いベッドの上で逃げようとしたエリーゼの足を摑んだノルドはそのまま引き寄せ、彼女のスカートの中へ手を差し入れようとする。

「この淫乱聖女め。まだそこには触れてはいないというのにこの染《し》みはなんだ？」

「うそです！　あなたに触れられて……」

ノルドはすでに手を離していたがエリーゼのパンティはどんどん湿り気を帯びてしまっ

ていた。

「くく……そんなに俺に触れて欲しいとは……口ではなんとでも言えるが身体《からだ》は本当に正直だ」

「誰があなたの穢れた手など気持ち良いと思うものですか！　逃げも隠れもいたしません。さあ、お好きにすればいいのです」

　名だたる聖騎士を幾人も輩出してきた名門マグダリア家のプライドとケインに感じていないことをアピールするため、エリーゼは女騎士のように強く出た。

　イケメン顔のノルドが醜悪な笑みを浮かべる。堂々と誰の挑戦でも受け入れるといった態度を取るエリーゼだったがそれは完全に裏目に出てしまう。

　ノルドがエリーゼに触れると彼女のプライドの砦《とりで》は瞬《また》く間《ま》に陥落してしまった。

　ケインは、エリーゼがノルドに感じてしまったことを目《ま》の当《あ》たりにしたことで大粒の涙を流すことしかできないでいる。

「他愛もない。では鳴いてしまったおまえの隙間を俺が慰めてやる。感謝しろ」

「うぐぐうう《やめろおおおおお》――――っ！」

　ケインは猿ぐつわをされたなかで必死に叫んで、ノルドを制止しようとするが、ノルドがそれを聞き入れるわけがなく、意識が朦朧《もうろう》となったエリーゼの足にかろうじて引っかか

っていたパンティを脱がしたノルドは……、

「俺からのささやかなプレゼントだ。それで自ら慰めでもするがいい」

剝ぎ取ったパンティをケインの顔にぽんと投げつけていた。ケインが下着に目を奪われている間にもノルドはエリーゼの初めてを奪ってしまう。

口にはめられた猿ぐつわにより、声が出せないケインはそれでも精いっぱい叫んでいたが、それでどうにかなるものでもない。


シーツにこぼれた真っ赤な鮮血……。

最愛の恋人は最悪の男に寝取られてしまっていた。

「ふはははははは！　よろこべ、ケイン。俺がこの大陸一の美女を大人の女にしてやったぞ！」

ケインに視線を移したノルドは不敵な笑みを浮かべて満足そうにする。

（ううっ！　ううっ！　あああ――――っ‼　お、俺のエリたんがクソノルドにやられ千葉ァァァァ‼）

ノルドに何度も何度もイカされ続け、快楽と罪悪感にエリーゼの心は疲弊し、半裸のままレイプ目でただ息をしているだけになってしまっていた。

「うー……、うー……、うー……」

ケインはただ泣くことしかできず、憎むべきノルドと最愛のエリーゼの痴態を見せ続けられて、精神は崩壊寸前になっている。

「ははは、ケイン。おまえの女は見た目に違《たが》わぬ名器だったぞ。俺が飽きるまで待ってろ、がばがばになる日までな！」

もうノルドに抗《あらが》う気力も残っていないのか、ただエリーゼを呆然《ぼうぜん》と見ていた。

ノルドはそんな無気力になったケインに興味を失ったのか、従者に命じた。

「興が醒《さ》めた、放り出せ」

ケインはごみくず同然にヴィランス家の敷地《しきち》外へ放り出されると幽鬼のようにふらつきながら、いずこかに消えた。

——スー、ハー……スー、ハー……。

「ノルド！　いまのボクはエリーを守ることすら出来なかった弱い人間だ……。だが覚えていろ！　おまえから絶対にエリーを取り戻す！　エリーの慈愛に満ちた眼差《まなざ》し、母性を表す大きなおっぱい、まるで孕《はら》ませてくれといわんばかりの柔らかなおしりに、ぎゅっと顔を挟まれたくなるようなふっくらした太股……」

（ノルド……俺のエリたんを寝取りやがって、絶対に許さんぞ――――ッ！　ってケインに同調して叫んでしまったんだけど、つかケインよ……おまえ、エリたんのおパンツ嗅ぎながら、復讐《ふくしゅう》を誓うのはヤメレ。ちょっと吹いてしまったじゃねえか！）

「エリーがあんなに乱れるなんて……見たくないのに見てしまうボクはどうしてしまったんだよー！」

（おまけに軽くＮＴＲ性癖に目覚めてしまってるし……）

――エリーゼがノルドに寝取られてから三年の月日が経《た》った。

エリーゼへの想《おも》いが断ち切れないケインは打倒ノルドを目指し、ついに勇者として覚醒していた。

「うう……あと一太刀浴びせられれば、ノルドを倒し……エリーゼを取り戻せ……」

「詰めが甘いな……だからおまえは……」

死力を尽くして戦った二人はお互いに大地に倒れて、動けないでいた。

仰向《あおむ》けに倒れたノルドのまえにメイド服に身を包んだ女が現れる。メイドはノルドの髪を愛《いと》おしそうに撫《な》で、微笑《ほほえ》みかける。

「ノルドさま、ご無事でしたか」

「おお、ちょうど良いところに来た。俺にヒールをかけろ。すぐさまその腐れ勇者を屠《ほふ》って……エリーゼ、おまえ……なにを考えているっ⁉」

微笑んだはずのエリーゼはスカートのなかの太股につけたホルダーからナイフを取り出すと逆手に持って大きく振り上げた。

「やっと……やっと……この日が巡ってきました。あなたに辱《はずかし》められて以来、どんなに待ち望んだことか。さあ、あなたのような人間のごみは地獄の業火《ごうか》に焼かれ、浄化されるべきなのです」

白刃《はくじん》に陽《ひ》の光が当たり眩《まぶ》しさを覚えたそのとき、ナイフが勢いよくノルドの腹めがけて下がる。

「や……止めろ……ぐあぁぁぁぁ」

エリーゼの顔が真っ赤に染まり、ノルドが叫び声を上げていた。

「や、止めてくれ……エリーゼ……おまえは俺を愛して……」

ブシュッ、ブシュッ、ブシュッ！

「馬鹿なひと……私があなたの命令に従い喘《あえ》いだら、感じてるとか思っちゃうとか。そんなわけないじゃないですか……ぜんぶ演技ですよ。もう二度とお会いすることもないでしょう、さようなら……ノルド」

エリーゼは妖しく微笑んだあと、なんの躊躇《ちゅうちょ》もなく、ノルドの心臓に止《とど》めの一撃を放っていた。

だらしなく顎が上がり口が開いたままのノルド、瞳孔は完全に開いて無様に死体を晒《さら》すその横で、ケインとエリーゼはしあわせそうにお互いを見つめ合っていた。

（ざまぁ————————っ！）

こりゃ死んで当然だわ……。

やっとラスボスになってしまったノルドが死んでくれて、すっきりした。しかもエリたんに殺《や》られて！

グビッ、グビッ！　プハァァァ————————ッ！

二人の復縁の祝杯を呷《あお》った。

「なにがどんな手段を使ってでも、売り上げ上げろだ。ふざけんな！　そんなことをしたらノルドの二の舞なんだよ、バカヤロウ！」

パワハラクソ上司にいびられ続けた社畜の悲しさっていったら、ない、マジでない。忙しさの余り、外に出る気力もなく一ヶ月ぶりの休日はエロゲをやって過ごすなんて……。

それはまあいい。

マジですっきりしたから。

いやあっちの方も……。

酒を呷って気が大きくなった俺。

プルルルルルルル♪　プルルルルルルル♪

ピコン♪　ピコン♪　ピコン♪　ピコン♪　ピコン♪　ピコン♪　ピコン♪　ピコン♪

スマホに鬼電、鬼ラインが来てるが無視だ！

俺がケインに転生したら上手《うま》く立ち回って、ぜったいにノルドにエリーゼを寝取られないように頑張るんだけどなぁ。

詳しくは語られていないけど、ノルドとケインのレベル差はかなりあった。はっきり言ってノルドのほうが強かったのに、エリーゼはわざとノルドに抱かれることによりノルドの精力を吸い取り、ケインの勝利に貢献していたっぽい。

たとえ処女をノルドに奪われようとも身を挺《てい》して、ずっとケインを想い続けたエリーゼの献身に心打たれたプレーヤーは多かったようだ。

カラン。

俺の手から空になったストロング缶が滑り落ちた。

「いっひ、にぃ、すわん、ひぃ、ぐお、にゃにゃ……りょく」

おっといけね、いま何本目だったたか？

机の下に転がった五百ミリリットルの空き缶の数がまともに数えられない。ゼロ系ストロングは飲みやすいから、ついつい酒が進んでしまう。

あれ？　地震か？　んん？　脳が震える……いや身体《からだ》も震える。ぜんぶ震えてるんだけど――。

くぅ……頭痛え……。

あー、なんだか意識が遠くなってきた。電源落としてないけど、今日は寝落ちするか……。


「……さま、……さま起床のお時間にございます」

なんだろう、頭が痛くて起きたくないな。

ん？　さま？

社畜の俺をそんな風に呼ぶ奴《やつ》なんていたか？

いやいやいない！

つか誰か起こしに来てくれたのか？

いやそんな奴もいない！

「なんだこの頭痛は！　こんな寝覚めの悪い朝は知らんぞ！」

俺は重いまぶたを開けて、身体を起こしたかと思うと変な口調でしゃべっていた。

目の前には白と黒のツートンカラーのメイド服に身を包んだ美しき女性の姿。

「おはようございます、ノルドさま」

メイドさんは俺の口調に動ずることなく笑顔であいさつする。彼女の顔には見覚えがあった。彼女の名はメイナ。美しく輝いた銀糸を束ねたようなポニーテールが揺れる。その蒼《あお》い瞳は見る人に安らぎを与えてくれるようだった。

「は？　ノルド……さまだと？」

「はい、ノルド・ヴィランスさま」

彼女は俺に微笑みながら、はっきりと答えた。

おいおいおい！　どういうことなんだ⁉

きょろきょろと周囲を見回すとそこは天蓋つきのベッドで、その柱は白く塗られ悪趣味とも思えるほど金銀で装飾されていて、まぶしさを覚えた。見知らぬ部屋の壁や調度品もベッドの柱同様、豪華な仕様だ。

まさか俺はヘイトを一身に集めて、ざまぁされるノルドになってしまったというのか

よ⁉

（メイナさん、鏡はどこにありますか？）

「メイナ、鏡を持って来い！　いますぐにだっ！」

「はい、かしこまりました」

俺は自分を落ち着かせ丁寧に伝えたつもりだったのだが、なぜか強い口調で彼女に言っていた。

この尊大な喋《しゃべ》り方はやっぱり……。

いや、まだ決まったわけじゃない。

「ノルドさま、お持ちいたしました」

あわわわわ……。

鏡には切れ長の碧眼《へきがん》にサラサラの黒髪、悪役のくせに目鼻立ちはすこぶる良く、イケメンすぎる顔が映っていた。

ぽとり……。

俺が鏡を力なくふわふわの羽毛布団《ぶとん》の上に落とすとメイナさんが表情を変え、心配していた。

「ノルドさま⁉　いかがなさいました？　またご尊顔のあまりうっとりされたのです

か？」

こいつはどんだけナルシストなんだよ！

思わずメイナさんに突っ込みそうになったが口を噤《つぐ》んだ。ただ俺の知ってるノルドより幼いように思えた。

たぶん学院に入学前なので十歳前後だろう。

だけど俺、このまま学院に入学すればエリーゼに殺されて、ざまぁされちゃうじゃん……。

確実に来るであろう破滅に不安を覚え額を押さえてうなだれていると、メイナさんは不安げに呼びかけてきた。

「ノルドさま……お目覚めのおっぱいは飲まれますか？」

は？

「飲むに決まっているだろう！　早く脱げ」

なに言ってんの、俺ぇぇぇぇ――――！

ごくり……。

メイナさんはビスチェのように胸元の開いたメイド服の紐《ひも》を緩めると肩口から腕を抜こうとしていた。

えっちだ。

俺の目はメイナさんに釘付《くぎづ》けになり、彼女は俺の視線に気づく。

「ノルドさま、年増の肌をまじまじ見つめられると恥ずかしいです……」

年増だなんてとんでもない！　彼女はノルドに転生するまえの俺よりもずっと若かったのだから。

メイナさんの口ぶりからして、ノルドは普段から彼女のおっぱいを吸っているような様子だったが、頬を赤らめているところを見ると、どうやら俺は彼女をガン見しすぎたらしい。

それにしても大人の女性が恥じらう姿はソシャゲでチート行為を行うくらい反則的にかわいい。

「仕方ない、目を逸《そ》らしてる間に早く脱げ」

「はい……」

ばるるんっ♪

こ、これが女の子の生おっぱい……。

視線を逸らしてるふりしながら、俺がちらちらとメイナさんの様子を窺《うかが》っていると、Ｆカップは余裕でありそうなたわわな乳房が露《あら》わになって、ばいんばいんと弾《はじ》けるように揺れていた。

メイナさんは俺の頭を抱えると膝枕してくれる。見上げると彼女のボリューミーな下乳の迫力に圧倒される。

再び俺の頭を抱えたメイナさんは俺の口元に乳首を寄せてくれていた。本能に従い俺は彼女の乳首に吸いつくと彼女は軽くひくつきながら吐息を漏らし、俺に訊《たず》ねていた。

「ノルドさま、おいしいですか？」

「うむ、うまい！」

なにが「うむ、うまい！」だよ‼　偉そうな物言いだが、ただのマザコンじゃねえか！

俺は十歳にもなろうというのに乳母だったメイナさんのおっぱいを吸ってしまっていた。

経産婦とは思えないくらいメイナさんは若々しいが、柔肌《やわはだ》は十代とは違い吸いついてくるかのように俺を包みこんでくれる。

乳母がいるってことはノルドは実母の……たしかダリアだっけ？　彼女に育てられてないんだよな。

「私のような年増の乳房を吸ってくださりありがとうございます」

えっと控え目に言って最高なんですが……。

「感謝しろ、俺がいつまでも吸ってやる」

格好つけて言ったんだろうか？　でもマザコンですよねー？　こんなキモいノルドなのに……。

「ありがとうございます、ありがとうございます、ノルドさま……メイナを好いてくださり……」

「気にするな、メイナは俺の母親同然なのだからな！」

メイナさんのまぶたからぽろぽろとこぼれた滴は頬を伝って、おっぱいに落ちて俺に吸われる。

涙まじりのおっぱいは不思議な味だった。

メイナさんは俺の乳母なんだよな。

なら……。

「メイナ、下になれ」

「はい！」

俺は欲望を抑えきれなくなり、彼女に命令していた。俺の命令に嫌がるどころか素直に従ってくれる。いやいやじゃなく、むしろうれしそうに。

転生前の俺はこんなこと絶対に言えないが、生意気だがイケメンショタなら、許される！

　メイナさんの柔腰の脇に膝をついて跨《また》がり、絶景を見おろす。半脱ぎのメイド服からプルルンプリンのように柔らかな乳房が俺の目の前で揺れていた。

「ノルドさま、そんな見下ろされてしまうと型くずれしたことが分かってしまい恥ずかしいです……」

　頬を赤らめながら手をクロスさせ、乳首を隠すメイナさんがかわいくてたまらない。

「子に乳を与えることを恥ずかしがる親などいるものか、堂々としていればいい。この俺に授乳できることを光栄に思え！」

「はい！　ノルドさま」

　俺が恥ずかしがらないでいいと伝えようとすると本当に十歳の子どもなのかと思うような言葉に置き換わり、メイナさんを説き伏せた。

　ゆっくりと固く閉ざされた手は開かれ、型くずれなど一切ない美しい乳房のすべてが露わになった。

　まさに母の慈愛を集めに集めたようなおっぱい！

　そうだ、これはエロい行為などではなく、授乳という立派な子育て！　メイナさんのお言葉に甘えて俺は彼女の身体に吸いついた。

「ああん、ノルドさまっ！　くすぐったい……ぺろぺろしちゃらめれすぅぅ……」

　メイナさんのお味を存分に堪能《たんのう》していると、巨大な壁を思わせる部屋の扉が開く音がした。

「うんしょ、うんしょ」

　なにこのかわいい生き物……。

　扉の隙間からクマのぬいぐるみを抱える幼女が現れる。そーっとこちらを隙間から覗《のぞ》いて、重い扉を一生懸命力をこめて、小さな身体《からだ》ひとつ分だけ開くとひと仕事終えたとばかりに得意気な顔をした。

　身長はいまの俺の胸辺りにすら届かないくらい小さな女の子。幼女の姿は帽子こそかぶっていないが、フランス人形を思わせる。金髪縦ロールにサファイアのような瞳、白のフリルにブルーの衣装が彼女の白い肌に映えていた。

　俺はメイナさんから慌てて離れようとしたが、幼女はとくに気に留めた様子もなく普通に接している。

　やっぱりこれがノルドの日常なのか……。

　うらやまけしからん！

　メイナさんが幼女にぺこりとあいさつすると幼女は猫が額を撫でられたように目を細めて幸せそうな顔をしていたが、はっとなにかを思い出したように俺に訊ねてきた。

「お兄しゃま、お兄しゃま！　まだおねんねしゃれてるのれすか？」

幼女の舌足らずな口調がなんとも愛らしい。

どうやらこの子はノルドの妹らしかった。

「俺が寝坊だと？　俺ほど勤勉かつ有能な男はいまいて」

俺がとりあえず「おはよう」と返そうとすると、相変わらずノルドは胸を張り偉ぶって幼女に返答していた。

にも拘《かか》わらず、幼女の反応は意外なもので驚く。

「うん！　まりぃ、お兄しゃまがこの国でいちばんの男の子だと思ってる」

「うぃやつめ！」

ぽーんと俺の胸に飛び込んできた幼女は頭を撫でて欲しそうに上目づかいで見つめている。

恐る恐る幼女の頭を撫でるとにぱーっと満面の笑みを浮かべ俺の胸をひしと抱いていた。

「まりぃ、お兄しゃま大ちゅき！」

目に入れても痛くないとはこんなかわいい妹のことを言うんだろう。

メイナさんが優しげな瞳で俺たちの仲睦《むつ》まじい兄妹《きょうだい》愛を見守っていたのだが、いまだに上半身はヌードのまま……。

じーっ。

幼女はメイナさんの露わになった乳房を訝《いぶか》しげに見つめる。

なんだやっぱり十歳にもなっておっぱいを吸うなんて、おかしなことだったんだなと安心した一方、雰囲気に流された自分が恥ずかしくなった。

しかし、俺の想《おも》いはメイナさんのひとことで覆《くつがえ》される。

「マリアンヌさまもお吸いになりますか？」

「うん！　メイナのおっぱい、まりぃ大好き！」

いや、おまえもか――――――い！

満面の笑みでメイナさんに抱きつくマリィだったが、まるで我が子のようにメイナさんはマリィを抱っこして微笑《ほほえ》んだ。

「私の乳房は優しさでできておりますので、どうぞお二人で召し上がってください」

結局俺たちはメイナさんのお言葉に甘えん坊して、ちゅぱちゅぱと兄妹で二つのおっぱいを仲良く分け合ってしまった。

「馳走《ちそう》になった」

「ちじょになっら」

俺の真似《まね》をしようとしたマリィの言葉に吹きそうになる。幼女の頃から女の子のおっぱ

いを吸うのが好きなんて、将来はどんな子に育つのか想像ができない！

それこそ『痴女になった』とかシャレになんないぞ。

メイナさんは食事の用意をしてくるということで一旦俺たちの下を離れた。

「お、お兄しゃま……」

二人きりで部屋にいるとマリィの顔が真っ青になり、俺は焦《あせ》る。

「どこか悪いのか？」

小さい子はとにかくちょっとしたことで体調が変わりやすい。病院に行こうにも、まともな医療設備なんて……いやそもそもエロゲ異世界に病院があるのかすら分からない。

エリーゼは回復術師だったから、魔導でなんとかなりそうではあるが……。

どう対処すべきか、頭のなかがぐるぐる回っているとマリィは気が抜けることを言ってきた。

「あのねあのね、お兄しゃま……まりぃね、こわくておトイレに行けないの……」

「またか？」

「またまたなの……」

ノルドの話しぶりからして、どうも良くあることらしい。つか昼間なんだけど……。

ただこんなかわいらしい子を放っておけるわけもないのだが、ノルドから意外な言葉が出る。

「仕方ない。この俺がついていってやろう。存分に感謝するがいい」

「うん、お兄しゃまは最高のお兄しゃまなの！　まりぃだいしゅき！」

なっ⁉

まさか悪役御曹司のノルドにこんな一面があったなんて……。もっと悪辣極まりない奴《やつ》かと思ったら、案外妹想いというか面倒みの良《い》いところがあるのか。

まあノルドは主人公じゃないし、ほとんどが主人公のケイン目線だから分からなくてもおかしくはないんだけど……。

とにかくギャップがすさまじいな！

マリィはとことこ歩いて、マリィの部屋にあるお手洗いの前で立ち止まった。部屋の中央から二十メートルも離れてないと思うんだが、小さなマリィにはその程度でもダメらしい。

「お兄しゃま……なかに怖いなにかいないか、見て欲しいのれす」

「俺が開ければどんなモンスターでも、瞬時に逃走するからな、任せておけ！」

なにこのノルド……ちゃんとお兄ちゃんしてるじゃん！

俺がバーンとドアを開け放つとまん中に陶器製の便器があった。よく分かんないが青い釉薬《うわぐすり》でモザイク模様がされてある他は便器の形など至って普通の洋式で俺が元いた世界と大差ない。

マリィはなにもないことに安心したのかそのまま便器へ向かい便座に座った。スカートを下ろし始めたので俺がドアをしめようとしたそのときだった。

「らめなのれす！　お兄しゃまはまりぃを見捨てるのれすか⁉」

見捨てるって、そんな大げさな……。

……して……して……。

「ひぃぃん！　お兄しゃまっ！」

マリィはいきなり俺に抱きついてきた。俺はマリィがただの怖がりかと思っていたのだが、確かに俺の耳にも聞こえていた。若い女性の幽霊のような声が……。

はっきり言って、心が大人の俺でもションベンを漏らしそうになってしまうほどだ。

「う、狼狽《うろた》えるな！　ヴィランス家の人間は恐怖など知らないのだ！」

「あいっ！」

マリィが出した精いっぱいの空元気の返事に、思わずほっこりする。

「よし、マリィ！　一人で頑張れるな？」

「うーっ、うーっ、やっぱりお兄しゃまにいて欲しいのれす」

俺がドアを閉じようとするとマリィはへの字口になり、今にも泣き出しそうだった。

できることなら俺もマリィが一人でおしっこできるところを見届けたい。だが昨今の情勢がそれを許さないのだ！

大人の事情をマリィに打ち明けるわけにもいかず、どうしたものかと思案しているとひとつ妙案が浮かんだ。

「ちゃんと一人でおしっこできたなら、俺と添い寝することを許そう。できるかな？」

「うん！　まりぃ、頑張る‼」

マリィが愛情に飢えていると睨《にら》んだ俺は頑張ったご褒美《ほうび》を与えることで、マリィに自立を促す方向へ誘導する。

俺はマリィが寂しくないようギリのギリまで、徐々に狭まるドアの間からマリィを見守り続けた。隙間が狭まるほど、マリィの顔が悲しみに暮れてゆくのが痛いほど分かったが心を鬼にして、ドアを閉じる。

『お兄しゃま、いるでしゅか？』

「ああ、ちゃんといる。安心して出せ！」

『あ、あいっ！』

ごくり……。

ドアの向こうから聞こえてくる幼女の放尿の響き……に思わず息を呑《の》む。乙女の恥ずかしい禁断の音を聞いてしまった背徳感を覚えながら待っていると、ピタリと音が止《や》んだ。

ガバッとドアが開くとまるでびっくり箱から飛び出したようにマリィが俺の胸に飛び込んでくる。

「あーがと、お兄しゃま！　まりぃね、まりぃね、一人でおしっこできら‼」

子役モデルも服を着忘れ裸で逃げ出すほど整った容姿のマリィが上目遣いで俺を見つめてくる。

てぇてしや

ああてぇてしや

てぇてしや

ノルド・ヴィランス　心の俳句

俺が感動に打ち震えていると、マリィは人差し指を当てながら訊《たず》ねてきた。

「お兄しゃま、大事なことを忘れてるのら！　もう拭き拭きはしてくれないんれすか？」

「マリィはもうおしっこを独りでできる淑女！　拭き拭きはダメダメなのだ」

「仕方ないのれす……でも今晩は楽しみなのれすっ！　メイナも呼んで三人で添い寝するのれす」

そりゃこんな家庭にいれば、ノルドの女性に対する価値観、倫理観が歪《ゆが》んでしまうような気がした。

ただ意外だったのは悪辣なノルドが彼の部屋の中だけのコミュニティなら、えっちではあるもののマジ優しい世界なんだよな。どうも悪役と言うより、頭痛の痛い兄妹にしか思えなかった。

って、二人に絆《ほだ》されて、完全にエロゲ世界にはまりそうになってしまったけど、それどころじゃない！

このままでは非常にマズいのだ！

もしゲーム内と同じくケインからエリーゼを寝取ってしまうと確実に俺はエリーゼから殺されてしまうに違いない。ノルドの性欲処理メイドとなった、あの美しくも淫靡《いんび》なエリーゼの姿を見てしまったら、彼女の誘惑に打ち勝つことはほぼ不可能だ。

ここはやはり初々《ういうい》しいケインとエリーゼの仲を取り持ち、二人の良き友人として……また陰で愛のキューピッド役に徹するのが俺に残された唯一の生存ルート。

ケインが魔王討伐の功績により陞爵《しょうしゃく》、晴れて二人の仲が結婚秒読みぐらいまで進展すれば俺は二人に内緒でこっそりフェードアウトし、念願のスローライフを送る予定だ。

ゲーム内と同じ時系列なら、そろそろエリーゼとケインの馴れ初《なそ》めとなる出会いの日が近づいてきている。俺はエリーゼとケインが無事結ばれるよう陰から応援するつもりでいた。

第1章　没落令嬢との出会い

――【エリーゼ目線】

私はドアもなく、ただ蔓《つる》と茎で編んだもので出入り口が塞がれているだけのぼろぼろの住まいにいました……。

「うっ、うっ、痛え……」

「傷つきたる子羊に地母神ユルハの慈悲をお与えください。【治癒《ヒール》】」

私は足が折れて動けないほどの怪我《けが》をし、うめき声をあげているおじさんにミスリル製の杖《つえ》をかざすと苦痛に満ちた顔が安らかな表情へと変わっていきます。

「はい、これでよくなりますよ」

「ありがとうございます、エリーゼさま……これは少ないですが……」

おじさんの奥さんと思《おぼ》しき女性が小袋を渡そうとするとジャラジャラと音がしました。

「いえ、お金はいただいておりません。お気持ちだけでうれしいのです」

「ああ……まだ小さいというのに……まるで聖女さまのよう……」

「あーがと、お姉しゃん……」

ぼろぼろの服を着た私より小さい子がお礼を言ってくれたので、すっかり疲れも吹き飛んじゃいました。

「す、すまねえ……エリーゼさま。うっかりゴルダーク子爵さまの館を建てているときに足をすべらしちまってこのざまだ」

「手当てもなしで放りだすなんて……」

「いまはどこもそうですぜ……ですがよぉエリーゼさまのおかげで、この通り！」

おじさんは治癒した足を伸ばして、元気になったことをアピールすると彼の家族が笑って、狭くてぼろぼろの家のなかがぱっと明るくなったような気がしました。

「エリーゼさま、ありがとうございやした」

治療を終え家の外に出ると、おじさんとその家族八人が私に手を大きく振って、見送っていました。

私の両親は王都で恵まれない人々に治癒の施しを行っていて、おじさんたちと別れて少し歩いたところで両親と落ち合いました。周囲を見ると、明日の食事すら得られないんじゃないかと思うほど貧しい人たちでたくさん……。

治癒はできても、お腹《なか》を満たしてあげることはできない。

でも、私にできることはやってあげたいと強く思っていました。

「お父さま、お母さま！　こちらの方々の治癒は終えました。そちらにお怪我やご病気の方はいらっしゃいますか？」

「いやこちらも終わったよ。だがエリー……こんなことは私たちだけでよいのに。もっと同年代の令嬢たちと友誼《ゆうぎ》を結んだほうがいい」

「お父さま、お気になさらずに。これでも私、治癒魔導のお稽古ができて楽しいんですよ。ちょっとずつだけど上手《うま》くなってくるのが楽しいんです」

「ごめんなさいね、エリー。でも私はそんな健気《けなげ》なエリーのこと大好きだから」

お母さまは私を抱きしめて、頬を重ねてくれます。うれしいような気恥ずかしいような……私もそんな両親が大好きでした。

手分けして、恵まれない方々に治癒を行っていると私は夢中になってしまい、両親とはぐれてしまったことに気づいたときには遅かったのです。

「なんですか、あなたたちは！」

「へっへっへっ、お嬢ちゃん。あんま見ねえ顔だなぁ、ずいぶんと綺麗《きれい》な顔してるじゃねえか！」

「いまでも十分高値で売れそうだが、将来はもっと化けそうだ」

私を取り囲むギラギラとした目つきの柄の悪そうな男たち……。気安く私の顎を下から摑《つか》んで、まるで品定めするように見てきました。

「止めてください！」

彼らはおそらく人攫《ひとさら》いで、きっと私を奴隷商へ売るつもりなのでしょう。

「私はマグダリア伯爵の娘エリーゼ！　このような横暴は許しません！」

「ひゃっは――！　貴族さまのご令嬢かぁ！　こいつは高く売れそうだ」

「お父ぅ……うーっ！　うーっ！」

私が大声で叫んで両親を呼ぼうとしたら、彼らは私の口を塞ぎ、手足を摑んでいました。

（だ、だれか助けて！）

――【ノルド目線】

メイナさんとマリィに書き置きして、朝早く屋敷《やしき》を出た俺。

ちょっと実物のロリーゼに興味があったというのは内緒だ。

いやいや女の子に騙《だま》されちゃいけない。かわいい顔して、ブスリと心臓を一突きだもんな。

まあノルドは嫌がる彼女のあそこ《ピー》を何度も突いてたから自業自得《じごうじとく》だけど……。

そんな馬鹿なことを考えながら、王都の外れを歩いていると、いつもなら生気に欠ける人たちがやけに生き生きとして明るい表情へと変化していることに気づいた。

間違いない！　エリーゼは確実に来ている！

確かエリーゼとケインが出会うのは、王都のスラム街のこの辺りだったはず……。

王都を守る外周の城壁により、昼間でも薄暗く陰うつとした雰囲気の場所。家すらなく野宿している者も多かった。

俺は頭の片隅に残ったスチルを基に二人を捜していた。

いた！　って……。

うわっ！　攫われそうになってる⁉

エリーゼは一人の男に口を押さえられ、残り二人の男が彼女の身体《からだ》を抱えて馬車に乗せようとしていた。

あのままエリーゼが人攫いどもに攫われたら、俺はどうなるんだろう？　という疑問が頭を過《よぎ》った。

そう思ったのも束《つか》の間《ま》、俺の目の前には路地裏からそーっと攫われそうになっているリーゼを見つめる後ろ姿が見える。

ケインだ！

「どうしよう、どうしよう。ボクの憧れのエリーゼさまが攫われちゃうよぉぉ……。助けに行ったほうがいいのかな？　でもボクじゃあいつらに敵《かな》いそうにないし……」

隠れながら、ぶつぶつと呟《つぶや》くだけのケイン。

すぐにさっき頭を過った疑問の答えは出た。

くそっ、エリーゼが誘拐されて、酷《ひど》い目にでもあったら、こいつが病んで俺も巻き込まれてヤバいことになるじゃんかよ！

なかなか行動に移さないケインに業を煮やしそうになった。だけど陰からじれじれを堪《たん》能《のう》してやろうと思っていたから長いコートにシャツ、半ズボンと貴族の令息丸出しの格好で来てしまっていた。

こんな格好、すぐにヴィランス家の者だと身バレしてしまうだろう。

どうやったらエリーゼにバレずに済むのか……。

そのとき辺りを見回すと名案が浮かんだ。

「おい、そこの男。そのボロ布を売れ！」

麦藁《むぎわら》で編んだ茣蓙《ござ》のようなものの上に座っている髭《ひげ》をぼーぼーに生やした物乞いの男性に俺は声をかけていた。

初老の物乞いの男性は首を横に振った。

「この布はとても貴族さまに差し上げるようなものでは……」

「うるさい！　それならこれで貸せ」

「ええっ！　こんなにいただけるなんて……ありがとうございます、ありがとうございます」

俺は金貨十枚を男に渡し、ズタボロの布を身にまとった。ちなみに俺の感覚では金貨一枚で元いた世界の十万円くらいの価値があるように思う。

俺の一日分の小遣いを渡し、物乞いに扮《ふん》した俺は、エリーゼをワンボックスならぬ馬車へ乗せようとしている三人いた人攫いの下へよたよたと寄っていった。

「なにか恵んでおくれ……」

「ちっ！　ガキの物乞いかよ！　邪魔だ、どけ！」

俺に対して野犬でも追い払うかのようにしっしっと手を振る人攫いたち。ケインは俺たちを物陰から指を咥《くわ》えて見てるだけだ。

くそっ！　まるでゲームプレイヤーEXの梨野部長のプレイ並みにもどかしいケインの態度に業を煮やして俺は誘拐事件に介入してしまった。

ケインにも人攫いにも、ムカついてしまい、釣られてノルドの語気も荒くなる。

「ああん？　俺にどけだと？　俺に逆らった己の愚かさを悔いるがいい」

【愚者の鏡《リフレクト》】

グチャリ……。

「あぎゃぁぁぁぁあっ‼」

ひゃーっ、痛ったそう……。

俺を蹴り飛ばそうとした髭面《ひげづら》の人攫いの膝関節《しつかんせつ》が通常曲がらない方向に曲がるというエグさを醸《かも》し出《だ》していた。

「てめえ、なにしやがった！」

頭を禿《は》げ散らかしたもう一人の男が俺を殴ろうとするが、結果は変わらない。

「う、腕がぁぁぁぁあっ！」

肘関節が普通なら絶対に曲がらない方向にがっつり曲がっていて、チラ見するだけでもグロかった。

「本当に馬鹿なヤツらだ。人は学ぶ生き物だと思ったのだがなぁ、くっくっくっ」

「ひいっ」

頭にバンダナみたいなモノを巻いた男は二人が地面をのた打ち回り悶《もだ》える姿を見て、腰を抜かして震えていた。

「死にたくなければ、そいつを離して王都を去れ。俺はおまえを監視し、いつでも殺せるんだからなぁ！」

ジョロロロロ……。

こくこくと頷《うなず》いた男はズボンの前立てを黒く染めながら、エリーゼを離したかと思うと怪《け》我《が》をした仲間を置いて馬車を出していた。

「置いていかないでくれぇぇ……」

「殺されるぅぅ……」

そんな二人にエリーゼはあろうことか、【治癒《ヒール》】を施そうとしている。

「なにをしている。捨て置けばいいものを……」

「いいえ、そういうわけには……」

エリーゼは自分を攫おうとした二人を治癒しており、二人は彼女の慈悲に落涙していた。

さすがに十歳の子にボディラインなど求められないが、膨らみかけているところを見ると開花まえの蕾《つぼみ》なんだと認識させられた。まあ、これがあの爆乳になると考えたら、戦後の日本並みに成長したんだと思う。

ただやっぱり幼くても目鼻立ちはエリーゼそのもので銀の美しい髪にくりっとした碧眼《へきがん》は思わず見とれて、目が離せなくなってしまいそうだ。

治癒し終えるとエリーゼは立ち去ろうとしていた俺を呼び止める。

「どなたか分かりませんがお助けいただき、ありがとうございました。私はマグダリア伯爵の娘エリーゼにございます」

「知っている」

お、おいっ！

ノルドが勝手にエリーゼの言葉に反応して、俺の心情を変換して答えるから困る。通常、貴族の子弟は親同士が仲が良《い》いなどを除いて、デビュタント前に知り合いなのは稀《まれ》だから。

ごほん、ごほん。

俺は咳《せ》き込んでなるべくエリーゼと話さないように心がけた。

「まあ！　大変もしかしてお風邪を召しているとか……私の治癒魔導で治して差し上げます」

さっきの二人もそうだけど、なんて優しい子なんだ〜って絆《ほだ》されちゃダメだ！

「いらん」

「で、ではなにかお薬か、お食事、もしくは金品でお礼を……」

「それもいらん！」

「不思議ですね……物乞いされてるはずなのに……」

「と、とにかく俺は見ず知らずの女から施しを受けるなど恥辱なのだ！」

「おかしいですね。さっきは知ってると仰《おっしゃ》っていたのに」

覚えてたのかよ！

エリーゼは唇に人差し指を当てて、首を傾《かし》げる。そんな仕草ですら気品にあふれて、かわいいのはメインヒロインの特権か？

俺はボロ布を翻《ひるがえ》し、エリーゼに背を向ける。

「とにかくだ、俺は忙しい」

「あの〜物乞いさんなのにお忙しいのですか？」

ホントやだ……勘の鋭い子は嫌いだよ！

やれやれと呆《あき》れてしまい、疲れて帰ろうとするとエリーゼは俺の後ろを三歩下がって、ついてきていた。

「なぜ、俺についてくる？」

「命の恩人さんが何者なのか気になりましたので」

「俺はたまたま通りかかっただけでなにもしていない」

「そうでしょうか？」

「そうだ。それにこんなところをうろついていれば、またさっきのように拐《かどわ》かされないとも限らんぞ！　おまえはその類い希《まれ》な容姿というものを自覚しろ」

「私を助けていただいた上に容姿を誉《ほ》めてもいただけるなんて、本当によいお方です。是が非でもお礼がしたくなりました」

「しなくていいっ！　俺はあいつらの顔を見てたらむしゃくしゃしただけだ。おまえについてこられると、とにかく迷惑極まりない」

「でも結果的に私は助かりました。そのことに関しては感謝の言葉もございません」

「分かった分かった。なら地母神ユルハにでも感謝しておけ。俺は帰る」

「あの物乞いさんは無宿ではないのでしょうか？　よろしければ私の屋敷《やしき》に寄られては……」

　ああっ！　もう！　ああ言えばこう言う。

「無宿でも好みの場所というものがある。そこを他の者に取られたくない」

「ではそちらに行けばお会いできるのですね！」

　くそう……宝石のように透き通る瞳をキラキラ輝かせて、かわいい笑顔を向けてくる。

「いないことも多い」

「では、せめてお名前だけでも……」

「俺はノ……ケインだ。スォープ村に住んでる」

思わずノルドと名乗りそうになったが、咄嗟《とっさ》に嘘《うそ》をついて彼女の追及を躱《かわ》した。いくぶん苦し紛れだったがケインにすべてなすりつけられるので意外に悪くない手だろう。

――――ふぁっ⁉

「あの……なにか仰いました？」

「いや俺はなにも」

物陰に隠れているケインが驚いて声を上げていた。慌てて口を塞いでいたが。

「あれ？　急に濃い霧が……あっ⁉　ケインさま？　ケインさま～っ！」

俺はスキルで黒霧を散布し、エリーゼの追跡を阻《はば》んでその場を立ち去る。

これで二人が仲良くなるお膳立てはした。

もうエリーゼが俺に接触してくることはないだろう。

あとは俺が勇者学院に入学さえしなければ万事うまくことが進むに違いない！

はぁ……。

ぶるぶると頭を抱えて震えるケインを見て、ため息が出た。雑魚《ざこ》いことは知ってはいたものの本当にケインは勇者に覚醒するのかと思ってしまう。

「おいそこのヘタレ。もう終わったぞ」

「えっ⁉」

「おい、ケイン。俺がすべてお膳立てしてやったんだ。必ずエリーゼをモノにしろ！」

「なんでボクの名前を……」

「それは知らないほうが身のためだ。それよりもエリーゼと結ばれたくないのか？　答えろ、ヘボ勇者！」

「は、はいっ！　む、結ばれたいです！　エリーをボクだけのお嫁さんにしたいですっ！」

「ふん、ならさっさと行け！　おまえがエリーゼに会い名乗り出れば……『まあケインさま！　私の下に来てくださるなんて。素敵！　婚約しましょう』ってなもので、チョロインと化し、すぐにでもおまえに簡単に股を開いてくれることだろう」

俺はエリーゼの声色を真似《まね》ながら、ケインにチャンスであると促した。ケインは立ち上がり拳を握って、やる気を見せている。

「うじうじ悩んでいる暇はないぞ。あいつはあの見目だ。ライバルは多い。おまえが守ってやれ」

「はいっ！　どなたかは分かりませんが、ありがとうございます。ボク、がんばります！」

ケインは俺に唆《そそのか》され、もの凄《すご》い勢いでマグダリア伯爵家の方向へ走り出していった。

ヨッシャアアアアアアアアアア‼

うまく行ったぞ。

これでケインがエリーゼの屋敷へ行けば、二人は見事結ばれて俺は平穏無事なスローライフが確定ってもんだ。

やっぱ Win-Win の関係でいかないとな。

――【エリーゼ目線】

両手で頬杖《ほおづえ》をついて、どれくらい時間が過ぎてしまったのか……。

最近勉強にも治癒の施しにも身が入りません。

それもこれも、貧しい人たちの住む街であの方に助けていただいたときからです。

「ケインさま……」

ねずみ色のフードをかぶり、髪色はほとんど分からなかったけど風で揺れたとき黒っぽい髪の毛が覗《のぞ》いていた。鼻から下の顔半分が布で覆われていたから、はっきりと見えなかったけど、その分あの美しく蒼《あお》い瞳が私の脳裏に焼きついて離れません。

あの猛禽《もうきん》類を思わせる鋭い視線、見つめられるだけで凍ってしまいそうな濃いブルー。

見ると怖くて、ぞくぞくと身体《からだ》が震えてくるのに、見るのがクセになってしまいそうなほど美しい……。

「エリー……どうしたというの？　ずっとため息ばかりついて」

びくぅぅぅっ⁉

「お、お母さま……いつの間に？」

「さきほどからずっと声をかけていますよ」

いつの間にか私の肩に触れて、お母さまが言葉をかけてくださったのにまったく気づいていませんでした。

「私、実は……いえなんでもありません」

テーブルに並んだをお菓子にしばらく経《た》っても一口も手をつけていないことを心配したお母さまが訊《たず》ねてきたけど、口をつぐんでしまいました。

もしかして、これが恋なの？

眼鏡をかけた私の専属メイド、リンが困り顔で訊ねてきた。

「失礼いたします。エリーゼさまにお目通り願いたいという者がおりまして……いかが致しましょう？」

「その者の名は？」

「はい、ケイン・スウォープと……」

えっ⁉

リンの口から出た名前に思わず心臓が止まりそうになります。

あれだけ私の招きをお断りになっていたのに、まさかケインさまの方から私の下に来ていただけるなんて！

「リン、お会いいたしますので、すぐにお通ししてください」

「かしこまりました、エリーゼお嬢さま」

応接室に移るとケインさまを名乗る少年が立ち上がり、握手を求めてきました。

「エリー！　ボクと会ってくれてありがとう」

えっ⁉

あの私を窮地から救ってくれたケインさまということでお会いしたのですが、なにもかもがあのときのイメージと違っていて私は戸惑うばかり……。

平民、貴族という隔たりは気にしないほうなのですが、ケインさまだと名乗り出た男の子が取る、妙に馴《な》れ馴れしい態度に僅かながら腹立たしさを感じたのです。

私は彼の手を取ることなく、名乗りました。

「エリーゼ・マグダリアと申します。単刀直入にお訊ねいたしますが、あなたは本当にケインさまなのですか？」

「ボクが正真正銘ホンモノのケインです！」

そう言い張る彼を訝《いぶか》しみながら、紅茶に口をつけました。まだ熱くて、舌を火傷《やけど》しそうなほどでしたが……。

「リン、お紅茶が冷めてしまったようです。取り替えてくださいますか？」

「かしこまりました」

リンはティーポットをワゴンに載せて応接室から引き上げてしまいました。

すると……。

「お嬢さま！　あやつですか⁉」

「はい、彼を地下牢《ろう》へとご案内してさしあげて」

「なんだって⁉　ボクがなにをしたんだ！」

リンと交代に現れたのはお屋敷を守ってくれる屈強な騎士たち。ケインさまを騙《かた》る少年の椅子を引き、彼を椅子にすぐさま縛りつけ拘束しました。

ケインさまの女の子をキュンとときめかしてしまうような鋭い眼差《まなざ》しも、あの強く自信に満《み》ち溢《あふ》れながらも気品ある物言いも、どこか影のある危険な香りも、目の前にいる男の子とは正反対と言ってよいほど違いました。

「なにをしたですって？　あなたはあろうことか、私の命の恩人であるケインさまであると詐称したのです！　あなたが何者であるか分かるまで当分の間身柄を拘束いたします」

「エリー！　ボクが本当のケインなんだよ！　信じて！　信じてったらァァ――――ッ！」

ケインさまを騙る少年は騎士たちに連れて行かれる最中、手を伸ばして言い訳がましいことを宣《のたま》っておりましたが、そんな見え透いたウソに騙《だま》される私ではありませんでした。

真実の愛のまえでは見え透いた嘘など簡単に看破できるんですから。

リンが新しい紅茶をカップに注ぎながら、

「いつも寛大なご処分をなさるエリーゼさまが拘束されるなんて、珍しいですね」

「ええ……」

不思議そうに訊ねてきましたが、どうしても私はケインさまを騙った少年が許せなかったのです。

あの少年は私の純真な恋心を踏みにじったのだから……。

ああ……ホンモノのケインさまはいずこに……。

熱んっ……！

熱湯の紅茶で舌を火傷してしまいそうになりましたが、ケインさまとなら、火傷するような大恋愛をしてみたいと思ったのです。

――【ノルド目線】

寝起きからメイドさんのおっぱい吸ったり、妹のおしっこに付き合ったり……転生初《しょ》っ端《ぱな》から飛ばし過ぎだろ！

「ノルドさま、お着替えしましょう」

「ああ頼む」

メイナさんが選んだ服を持ってきてくれたので俺は寝間着から着替えていた。マリィは飽きることなく俺の部屋にいて、スツールにちょこんと座り、脚をぱたぱた振って俺たちを見ている。

姿見を見ると、首にはジャボタイ、胴にはナポレオン時代の軍服を思わせる派手なジャケット、足には短パンと白いソックスという出《い》で立《た》ち。

まるで、勘違いし過ぎた七五三の衣装って感じで恥ずかしさがこみ上げてくる。

「ああっ！　ノルドさま……」

「お兄しゃま……」

メイナさんは頬に手を当て、ため息を漏らし、マリィはスツールからとんと飛び下りた。

よほど服が似合ってなかったんだろう。

「なんと神々《こうごう》しいお姿！　このメイナ……ノルドさまにときめいてしまいます」

「まりぃ、かっこいいお兄しゃまと結婚しゅる！」

「くく、二人ともあまり俺を誉《ほ》めるな。ただの取るに足らない事実だからなぁ〜！」

はぁ……ノルドは謙遜とか自重という言葉を知らないんだろうか？　ため息を吐いて、姿見に映る自分の顔を見たら、確かに相当なイケメンであることは認めざるを得ないけど……。


着替え終え、俺たちは朝食を取るためメイナさんが先導し場所を移したのだが、だだっ広い食堂《ダイニングルーム》には両親の姿はなく、家族は俺とマリィだけ。

元いた世界ならノルドは小学生、マリィは幼稚園児、まだまだ親が恋しい年頃なのに食事すら別々とはなぁ。

まあ俺は中身がおっさんだから、寂しくはない。むしろ元いた世界のほうが独り身で寂しかった。

メイナさんが椅子を引くとマリィは小さいながらも淑女といった気品ある所作で席につ

く。が、周りの様子を見て、がっかりしたのかうつむいていた。

マリィを存分にかわいがってやろうと思う。

「マリィよ、顔を上げろ。一緒に食事すら取ろうともせぬ、父上母上などより俺を敬うのだ」

「あい！　お兄しゃま！　まりぃはお兄しゃまをいつもお慕い申しておりましゅ」

全肯定妹がかわい過ぎる！

こんなかわいい子を放っておける親の顔が見てえよ。

衣食住さえ与えてやれば問題ない、と考える異世界での両親の精神的ネグレクトに憤慨しているとメイナさんがマリィの下へ寄りマリィはメイナさんに抱きついた。

「マリアンヌさま、私でよろしければいくらでも甘えてくださって構いません」

「うん、メイナに抱っこされるとお胸がぽかぽかするの。メイナもまりぃって呼んでいいよぉ」

「ありがとうございます、マリィさま……」

聖母が赤ん坊のころの聖人を抱くシーンよりも俺には尊い光景に思え、二人を見ていると仲むつまじい本当の家族のよう。

「メイナよ、一緒に朝食を取るぞ！」

「えっ⁉　ですが私はただのメイド……」

端に控える執事と他のメイドたちの目を気にして、着席することを固辞しようとするが
……、

「異論がある者はいるか？　ある者は直《じか》に俺に言え！　ないな、まあ当然か」

俺は立ち上がり、シルクのようにキラキラした光沢のあるクロスの敷かれたダイニングテーブルに手をつきながら、召使いたちの目を一人一人見て回る。

弛緩《しかん》していた者は背筋をピンと伸ばし、また気圧《けお》される者、冷や汗をかく者など反応はさまざま。やはりというか異を唱える者は誰一人いなかった。

「というわけだ。座るがいい」

「ノルドさま、マリィさま……お心づかいありがとうございます……」

まぶたにキラリと光る滴をハンカチで拭ったメイナさんは俺たちに一礼したのち、席に座ってくれたので右手のひらを上にして手を叩《たた》いた。

俺の想《おも》いはノルドの傲岸不遜な言葉に変換されたものの、伝えたいことは概《おおむ》ね一致していたことに彼が単なる悪役でないことが分かり、ほっとする。

間もなく次々と運ばれてくる朝食に目を見張った。

高級ホテルの朝食用クロワッサンのようなパリッとした生地のパンとスクランブルエッ

グとベーコンのような燻製肉《くんせい》を炙《あぶ》ったものと添え物の温野菜の二皿が出てくる。白磁と思われるお皿には金縁と美しい花柄があしらわれていた。

そのあとに鍋を持った給仕《きゅうじ》のメイドからスープ皿に黄色くとろみのついたスープが注がれている。

俺が手をつけようとするとメイナさんとマリィは手を組み祈りを捧《ささ》げているようだったので俺もそれを真似《まね》た。

うまいうまい！

朝食だけにことさら豪華とまでは言えないがケインの家庭のスチルを見る限り、庶民とは雲泥《うんでい》の差《さ》だった。ケインはやたらとパンがパサついて不味《まず》いと連呼していたし。

なにより時間を優雅に使い、ゆっくり食事できるのがうれしい。

俺は美味《おい》しい食事を作ってくれた料理人に感謝の言葉を伝えたくて、近くにいた執事に声をかけた。

「おい料理長を呼べ！　奴《やつ》に俺は言ってやりたいことがある」

「かっ、かしこまりました！　すぐに」

彼は俺に一礼してスタスタとした足取りで食堂を出る。そのあと廊下を物凄《ものすご》い勢いで駆けてゆく足音が聞こえた。

そんなに慌てる必要はないのに。

「はっ、はっ、はっ……なんでございましょう、ノルドさまっ。お食事がお口に合わなかったのでしょうか？」

それから一分も経《た》たないうちに白いコックコートを着た四十代と思《おぼ》しき小太りの男性が小脇にコック帽を抱えて俺の前に跪《ひざまず》く。走ってきて滝汗をかき血行が良くなっているはずなのに彼の顔は青ざめている。

「おまえはこんな食事を俺に出してどういう申し開きをするつもりだ。答えてみろ！」

「ひいっ！　申し訳ございません、ノルドさま！　すぐさま作り直しを……」

「違う！　美味すぎるのだ！」

俺はただ作ってくれた人にお礼を言いたかったのだが、どうしても物言いが大げさになる。

「は？」

料理長の目は点になり、なにを言われたのか意味が分かってなさそうだった。しばらくして、俺の言葉の意味がじわってきたのか彼は目に涙を浮かべる。

「ボルドさまのころよりヴィランス家にお仕えして、数十年。初めてお褒めいただくことができました。このメタボル、ノルドさまに生涯美味《うま》い食事をお出しすることを誓います」

感極まって大粒の涙を流すメタボル。

執事やメイドたちが彼を囲み、「よかったな」などと声をかけていた。感動的なシーンなんだろうけど、俺はただ食事が美味いと言っただけ……。

あれかな？　新世紀なセカイ系ロボアニメの最終回の『おめでとう』みたいな大げさな雰囲気。

ぼふっ。

朝食を終え、ベッドに倒れた。

さすが王国筆頭の公爵家といったところか。あのあとメタボルが張り切りすぎて朝から胃もたれしそうなくらいの豪華な食事が振る舞われたのだから。

ノルドの女癖の悪さとその原因については、なんとなく分かった。ノルドの家庭環境イコールこのエロゲ世界の標準なのかまではもうちょっとくわしく調べてみないと分からないけど。

メイナとマリィ……どちらもかわいいのだが、十歳の男子にあの二人はけしからんすぎる。

頭の後ろで手を組んで考えに耽《ふけ》っていた。

ノルドがエリーゼ欲しさだけで、マグダリア伯爵家をつぶしたわけじゃない。伯爵家が没落したのは貴族同士の政争の煽《あお》りを食ったからだ。

俺がノルドとして話そうとすると彼の言葉に置き換わってしまう。いわゆる修正力って奴なのかもしれない。

まずは家族関係の再構築と俺自身の強化！

王立勇者学院に入学し、俺にナイフを突き立て止《とど》めを刺すエリーゼやケインと出会い、クラスメートになるまで、残り4年余り。

なら現状を確認しておこうか。

「ステータスオープン！」

俺が異世界あるあるを試すと部屋のチェストがぶるぶると震えていた。ベッドから起き、震えている引き出しを開けるとギルドの登録証なのだろうか？　カードから文字が浮き出て光っていた。

種族：人間

レベル：80
固有スキル：悪の枢軸《ディクテイター》　魅了　寝取り　房中術
職種：暗黒騎士《テラーナイト》
熟練度：75
職種スキル：暗黒剣　暗黒魔導

十歳でもうこの完成度とは……。

改めてノルドのチートっぷりに驚きを隠せない。レベルの上限が九十九なのにもう八割まで到達している。

それにしても、どんだけマセガキなんだよ！

まだ少年なのにエロ特化した固有スキルに吹き出してしまいそうになる。

ステータスを見て俺の方針は決まった。

俺が目指すのはケインとエリーゼの良き友人ポジション！

陰から二人の仲を応援し、ケインがノルド……つまり今の俺にエリーゼを寝取られないトゥルーエンドを迎える。トゥルーエンドでのみ、【すべての地位を失ったノルドの行方は誰も知らない】との一文でノルドの生存が仄《ほの》めかされているのだ。

そこにさえ至れば、俺のハッピースローライフは確定だ！

だが不安が残る……。

ケインが雑魚《ざこ》すぎて、エリーゼがちゃんと惚《ほ》れてくれるかどうか。

「グラハムはいるか？」

「は！　お坊ちゃまのお傍《そば》に」

「ちょうどいい。おまえに頼みたいことがあるのだが引き受けてくれるかな？」

「はい、なんなりと」

俺はゲーム内で、エリーゼのマグダリア家追い落とし工作で暗躍した壮年の執事を呼びつけていた。

――――【エリーゼ目線】

鉄格子《てつごうし》の向こうにいる少年とメイドのリンが対峙《たいじ》していました。私は彼から見えない位置で二人のやり取りに聞き入ります。

リンは眼鏡のブリッジを指で押し上げると、まるでゴキブ……黒々としたあの昆虫を見るような目で彼に語りかけていました。

「あなたがケインであるということは、ど辺境であるスォープ村へわざわざ出向いた調査員により明らかになりました」

「本当ですか⁉　やっぱりボクで間違いなかったでしょ」

彼はリンの言葉を聞いた瞬間に希望の光が差してきたような笑顔へと変わり、鉄格子を摑《つか》んでいます。

なんか笑顔を通り越して、ドヤ顔になった彼が無性にムカついてたまりません。

リンは軽くせき払いすると、彼の落ち度を指摘しました。

「ですが、エリーゼさまの命の恩人の名を騙《かた》ったことは到底許されるようなものではありません」

「それは違います！　ボクはその恩人に騙《だま》されたんですよ。マグダリア家に来れば、ボクはエリーゼと……あんなことやこんなことを……って」

うっ、彼がニタリと笑ったところを見てしまい、鳥肌とともに凄《すさ》まじい吐き気が……いえ、それに留《とど》まらず蕁麻疹《じんましん》まで出てしまう有り様でした。

本当に気持ち悪い子。

【治癒《ヒール》】【治癒】【治癒】【治癒】【治癒】【治癒】【治癒】【治癒】【治癒】【治癒】【治癒】

【治癒】【治癒】【治癒】【治癒】【治癒】【治癒】【治癒】【治癒】【治癒】【治癒】【治癒！】

悪寒《おかん》を消すために【治癒】を自分に重ねがけして、ようやく落ち着きを取り戻しました。

「その証拠についてはなにも得られておりません。あなたがウソをついている可能性は否定できませんから」

ケインは不安そうにリンに訊《たず》ねています。

「あのぉ……ボクはどうなるんでしょう？」

「そうですね……良くて辺境の村へ強制送還、悪くて騎士団に罪人として突き出す、といったところでしょうか」

「そんなぁぁぁ〜〜〜〜！」

リンは首を左右に振って彼に呆《あき》れていたのですが、私はひとつ気になることがありました。

「エリーゼお嬢さま⁉」

「エリー！」

「私に助力することを約束されるのでしたら、あなたの死刑にも等しい罪を許しましょう！」

私が姿を現したことに驚く二人。ケインはすぐさま私の提案に疑問を投げかけます。

「助力？」

「はい、あなたには私の愛《いと》しき恩人のあの方を捜すお手伝いをしていただきたいのです。さきほど仰《おっしゃ》ってましたよね、私の恩人さまと多少なりとも言葉を交わされていた、と」

「うん！　分かったよ、ボクはエリーに協力する。ボクがあいつと話したことは事実なんだよ。信じて」

平気でウソをついてしまうような方をどうやって信じればよいのでしょう？　それにこの妙に馴《な》れ馴れしい態度には我慢が限界を迎えてしまいました。

「あの……エリーと気安く呼ぶのは止《や》めていただけませんか？　そのように呼んでいいのはあのお方と家族だけなのです」

「ご、ごめん……」

しゅんとなり、身体《からだ》を小さくしたケインでしたがちっともかわいげがないのです。

「リン、彼の牢《ろう》の錠前を外してあげてください」

「お嬢さま!?　よろしいので？」

「はい、いまから恩人さまを捜しに行きますので」

鉄格子の外に出てきたケインはようやく解放されたよろこびからか、腕を伸ばして高く上げていました。

「くれぐれもウソだったなんてことは言わないでくださいね。そのときは……」

「はいぃっ！」

あんなケインに一縷《いちる》の望みを託すのは裂け目の入ったロープの吊り橋《つばし》を渡るようなもの……。

でも……。

お待ちになっていてください。

私はあなたがどこにいらっしゃろうとも、必ず見つけ出してみせます！　そしてどうしようもなく焦がれて止《や》まない私のこの想《おも》いを伝えようと思います。

「お、お嬢さま……本当にこの者を信用して大丈夫なのでしょうか？」

「分かりません……ですが、彼を飼っておけばいつかあのお方に再び逢《あ》えるような気がするのです」

そう、ただの女の勘でしたが……。

――――【ノルド目線】

広大な庭園の遠くに見えるヴィランス家の屋敷《やしき》。フランスのヴェルサイユ宮殿を想わす壮麗な建物は俺をまるで海外旅行にでも行ったかのような気分にさせてくれる。

これで死亡フラグさえなけりゃ、最高なのに……。その死亡フラグを回避するため、俺は修行に明け暮れていた。

【常闇の波動《ダークウェーブ》】

木剣から放たれる黒い衝撃波が大人の身長よりも高い大岩にぶつかり、こなごなに砕けた。岩のあった場所には穀物を挽《ひ》いたような岩の粉が積もっている。

くそダサいスキル名だが闇系魔導のファイアボール的位置づけなので仕方ない。


また別の日は……。

「ククク……暴れ川と名高いドラケンよ。俺の剣の冴《さ》えを受けてみよ！　唸《うな》れ、【闇刻龍破斬！】」

激流に腰上まで浸《つ》かり、下半身の動きが制限されるどころか流されないように耐え、川の流れに反しながら厨二病《ちゅうにびょう》スキルを打ち放った。

俺の放った斬撃は黒い波動となり、目で見えないほど遠くまで川の激流を斬り裂く。打ち放ったあとには深く抉《えぐ》られた川底と斬撃に押された水流の衝撃で川の対岸に土が盛り上がってしまっていた。

「他愛もない。暴れ川と聞いて、修行に来たが実にがっかりだ」

俺は領内に修行になりそうな川があれば、出かけて試し斬りしてみたが、大したこともなく拍子抜けする。

そこで気づいた。

家伝の秘宝のひとつ、ガリアヌスがチート武器すぎるのだと。漆黒の剣身に黄金で刻まれたルーンの刻印、こいつをずっと眺めていると黒と金に彩《いろど》られた古《ふる》～いＦ１チームカラーを想起させられてしまう。

俺が強いんじゃなくガリアヌスが強いのだ。

こいつを使うと川の流れを変えるどころか、山がひとつ無くなってしまったので、修行の際は木剣で暗黒剣スキルを使うように心がけていた。

次の標的を用意しようとしていると声をかけられる。

「ノルドさま！　さぞかしお疲れになったことでしょう。おっぱい……飲まれますか？」

メイド服姿で現れたメイナさんはふくよかなバストをシャツの上からぽむぽむっと揉《も》んで俺に休憩するよう促してきた。

「い、いやいい」

「やはり年増の乳房など見たくも吸いたくもないですよね……ああ最近お肌の張りも……

肌荒れも……」

「違う！　いまはいいと言っただけだ。あとでたっぷり飲ませてもらうから、よく揉んでおくのだ」

「はい！　このメイナ、ノルドさまに授乳できて幸せ者です」

おかしな性癖にならないよう努力はした。だけどおっぱいを吸わないとメイナさんが闇落ちしそうで俺は仕方なくアラサー美女のおっぱいを甘受していた。

「お兄しゃまぁ！　メイナらけじゃなく、まりぃのこちらも……」

「マリィ……何度言えば分かるのだ、人前でスカートをめくり下着を見せるのははしたないと」

「ほかの男の子に見せたりなどしましぇん。お兄しゃま、らけれす！」

ぷっくぅと頬を膨らませて怒るマリィ。

俺が実妹に手を出す最低最悪の野郎だったらどうすんだよ！　っていつも思ってしまう。

俺の想いはノルド語に変換され、マリィへ伝わる。

「やれやれ。マリィのおパンツ見せてもらって俺の精力はこの国中の女すべてを孕《はら》ましてもまだ余るくらいになったぞ！」

「まりぃもそのなかに入ってるの？」

子ども怖えええええ――――！

冗談混じりに言ったことを真に受け、純真無垢《むく》な目で俺を見つめてきて、なぜかおパンツをさすっている。

「はははは、面白いことを言う！　マリィが立派な淑女になれば、考えてやらんこともない。励めよ」

「うん、お兄しゃまに選ばれるレディになるぅ！」

よしよしと頭を撫でると、マリィは目を細めて、うれしそうにしていた。断ったからと言って、マリィも闇落ちしたりなんかしないよな……。

もうちょっと大人になってくれれば、マリィも近親相姦《そうかん》がいけないことだと分かってくれるだろう。

「ノルドさまぁ――――っ、頑張ってくださーい！」

「お兄しゃま、かっこういいのぉお――――！」

標的となる大岩を片手で摑《つか》んで遠くに飛ばし、そのまま空中にある岩を追って、木剣で微塵《みじん》切りにして着地すると、二人からの声援が飛んでくる。

額に汗がにじむと……、

「ノルドさま、汗をお拭きいたしますね」

「まりぃも、まりぃも！」

二人ともハンカチは持ち合わせているはずなのに舌で俺の額や頬、顎に滴《したた》る汗を舐《な》めとろうとしてきていた。

俺はもう諦める。

「好きにするがいい」

魔導だけで岩を破壊するのは容易《たやす》いのだけど、自らの手足を使うという地味な作業をすることでノルドの弱点が分かったのだ。

ノルドは剣技、魔導ともに優れていたが比較的疲れやすく、とにかく腕力と体力《HP》が低い。

並みの相手ならワンパンで屠《ほふ》ってきたから、分からなかったんだろう。


乳母と妹にえっちな励まされ方をしながら、修行すること一年、とにかく無茶しまくって魔王に魅入られたノルドよりも強くはなったはず……。

ただ実力をテストしてみないことには詳細なデータは得られない。

ということで腕試しにちょうどいい相手は……弱くては相手にならないので、俺の相手になりそうでちょうど良さそうな人物がそばにいなかった。

まあ一人だけマシそうな人に修行に付き合ってもらう。

「どうした？　女勇者。ああ、元勇者だったな、すまんすまん。おまえは鍛錬もせずに舞踏会ばかり出かけているから、俺にいいようにされるんだ」

舞踏会という名であるものの、実質合コンみたいなものらしいが……。

「うるさいうるさい！　私だって、あんたみたいなこまっしゃくれたガキの相手なんかしたくないわよ」

怒りに任せて、緑色の癖っ毛をした行き遅れ元女勇者が俺に襲いかかってくる。

名前は確かリリアンだったかな？

本人は舞踏会で美しい剣技を披露すると言いつつ、結局決闘となり令息たちを叩《たた》きのめして、「この程度の斬撃すら避けられないなんて、ザコすぎますわ～、おーほっほっほっ」と高笑いしながら、悦に入ってるような奴《やつ》だ。そりゃ婚期も遅れることだろう。

ヒュンッ！

リリアンの斬撃を通勤ラッシュ時の改札でまえから迫り来る人波を躱《かわ》すように回避した。避けると遠くの岩が二つに裂けてしまっている。

「おお、さっきのはなかなか良《い》い太刀筋だったぞ。だが脇を締めるのが甘く、当たっても致命傷は負わせられないだろうな」

「なんでノルドが私にレクチャーしてんのよ！」

「ああ、すまんすまん。つい成長しそうな者には手を差し伸べてしまうのが、俺の悪いくせだ」

「くっ、大人を馬鹿にして！　私が先生だってこと分からせてやるんだから‼」


十分後……。

パシン！

「ひいっ！」

パシン！

「ひいっ！　痛いったら！　私のおしりが腫れて婚期を逃したら、あんたを一生呪っ、ひいっ！」

「俺を分からせてくれるんじゃなかったのか？」

「さーせんでした……」

俺を斬ろうとしたのだが、避けられそのまま地面にダイブしたリリアンのおしりをお仕置きがてら、木剣でぺちぺち叩く。

俺の周りには剣技や魔導の指南役に招いた先生たちが仰向《あおむ》けだったり、うつ伏せだったりで倒れている。一斉にかかってきてもらったのだが、どうやら俺は彼らを遥《はる》かに凌駕《りょうが》してしまったらしい。

ノルドではないけど、もうちょっとどのくらい強くなったのか試せる相手がいないものかと、ため息が出そうになっていたが、そのとき俺の屋敷のまえを通りかかった馬車。

「あの馬車は……」

客車《キャビン》の壁にはユニコーンの紋章が大きく描かれており、それは近衛《このえ》騎士団を表すものだ。並みの騎士なら騎乗して移動するところを、わざわざ馬車を使っているところをみるとなかにいるのは……。

エリーゼの兄にして筆頭聖騎士のロータス！

ちょうどいい。あいつに相手をしてもらおう。

第2章　天才が努力してみた

「なんだ⁉　急に霧が出てきたぞ！」

「ああ、しかも黒く気味が悪いやつだ」

俺の魔導により馬車周辺は黒い霧で覆われ、視界は猛烈なブリザード以上に悪くなっているると思われた。

歩くくらいの速度になってしまった馬車のまえにフードとマスクで素顔を隠して躍り出ると、御者を務める騎士が強く手綱を引いた。

「貴様何者だ！　この馬車が王国近衛騎士団長ロータス・マグダリアさまのものと知っての狼藉《ろうぜき》か！」

「雑魚《ざこ》に名乗る名などない。死にたくなければ、去れ！」

「死が怖くて、近衛騎士が務まるか！」

御者を務めるもう一人の騎士が馬車を降り、剣を抜く。

「ははっ！　威勢ばかりでは勝てぬと知れ！　【微睡みの冥暗《スリーピング・シャドウ》】」

「な……んだ、まぶたが重……い。ｚｚｚ……」

黒い霧の相乗効果《バフ》により、催眠がよく効く。暗黒騎士の黒魔導で人も馬も夢のなかに誘《いざな》うと、世紀末覇者のような大男がまるで冬眠明けのように客室のドアから窮屈そうに出てきて、周囲の様子を窺《うかが》っていた。

「馬もまとめて落ちたか。まったく最近の騎士は弛《たる》んどるな！」

「奇遇だな。それについては我も激しく同意する」

大男は俺の言葉に口角をあげ笑みを漏らしたかと思うと仏頂面《ぶっちょうづら》に戻り、騎士らしく名乗りをあげた。

「我が名は聖騎士ロータス・マグダリア。ずいぶん小さいようだが、子どものいたずらにしては度がすぎているな」

可憐《かれん》なエリーゼとは似ても似つかぬ脳筋騎士！　その筋骨隆々な容貌は、たぶん世紀末ヒャッハーな世界で、拳ひとつで牛耳ろうとしたあの魔王ならぬ覇王をパクっ、オマージユしたんだろう。

ジェネリック拳王……ロータスは魔導耐性がクソ高かったが、部下たちは大いびきをかいており、俺はつま先で彼らの甲冑《かっちゅう》をつんつんとつつきながら、ロータスに言い放った。

「その小さい俺にいいようにされるおまえの部下はどうなんだ？　いたずらすら咎《とが》めることができないとは……」

「それは認めよう。あとでこの者たちには鍛錬をしてもらう」

「はっはっはっ！　まるでこの場を簡単に切り抜けられるといった言い草だな」

「勝ち負けではないのだ。騎士というものは！」

ロータスが身の丈はあろうかという大剣を抜く。だが彼が襲いかかってくることはない。

「貴公は剣を抜かぬのか？」

ロータスは聖騎士らしく相手が抜くまで待つといった正々堂々とした態度に部下たちとは違う実力者の凄《すご》みを見せる。

「抜剣！」

俺の手に握られていたものは……ただの木剣。

「なるほど我程度なら木剣で充分と申すか……だが自信過剰は身を滅ぼすと知れ！」

激高してくれるならよかったがロータスは静かに憤《いきどお》りを感じて、じりじりと間合いを詰めてくる。

「デヤァァァァァァ――――！」

上手《うま》い！

ロータスはリーチの差を生かして、俺からは遠く彼に致命傷を与えられない距離で大剣を振り下ろした。

ポン♪

だが俺は焦《あせ》ることなく切っ先をかわして、大剣の剣身を木剣で軽く叩く。

「くくく、聖騎士よ、よい武器屋を紹介してやろうか?」

「我は貴公を見くびっていたようだ」

無用の長物と化した柄《つか》を捨てるロータス。大剣は俺が叩いたことにより、まん中からきれいにぽっきり折れて、真っ二つになり転がっていた。

ロータスは背負った得物を手にして、主語のデカいことを叩いた。

「やはり剣は好かぬ。男は黙ってメイス!」

(やっちまったなぁ!)

とか言ってしまいそうになったじゃねえか!

とにかくようやく本番って感じだな。

「ようやく本気を出す気になったか……次は茶番ではないように頼むぞ」

俺の言葉はノルド語に変換されて、やたらとロータスを煽《あお》る。

俺が十歳前後のがきんちょにこんなこと言われりゃ、大人の余裕なんてどこへやら、大人気なさすぎる対応を取ってるところだけど、それでも冷静を保つロータスはできた人物なんだろう。

ロータスはメイスを頭上に高々と上げ、勢いよく振り下ろした。

狙いは当てずっぽうだが、地面に当たったメイスは石や砂塵《さじん》を撥《は》ね上げており、俺に向かって飛んでくる。

勢いのついた石のみ木剣で弾《はじ》いて処理したが……。

「なるほど、剣よりは幾ばくかマシになったな。だが石ころ程度で俺を倒せるとでも？」

ただ砂まみれにされるのは嫌だったので、もう一度振り下ろされようとしたときに、今度は俺から間合いに入った。

「自ら当たりに来るだと⁉」

すとっ。

力こぶが隆起したロータスの渾身《こんしん》の一撃を受け止めた俺。

「どうした、聖騎士？　俺を潰すつもりだったんじゃないのか？」

「馬鹿な⁉　年端《としは》もいかぬ少年が我のメイスを受け止めるとは……しかも片手で……」

しかも木剣を右手に持ち、左手だけで。【黒曜強化《レインフォース》】しても良かったが、腕力もどの程度強くなったのか、試してみたかったんだ。

よし！　とりあえず、腕力もだいぶついたことが分かったし、身バレしないうちに引き上げよう！

「ふん、聖騎士といってもその程度か……興醒《きょうざ》めだ。まあ機会があったらまた会うこともあるだろう、さらばだ！」

ズゥウウウ――――ン……。

メイスを手から離してしまい、呆然《ぼうぜん》とするロータス。メイスは地面に落ちると半分以上埋まってしまっていた。

彼に止《とど》めを刺すような余計なひとことを告げてしまった俺は逃げるように黒霧を最大濃度に上げてその場を立ち去った。

それから一週間後。

（うーん、異世界の空気にも馴染《なじ》んで……って）

俺が屋敷《やしき》のバルコニーで両腕を上げ、背伸びしていると、野太い声がこだましてきた。

「頼もう！　こちらにノルド・ヴィランスさまがいらっしゃると聞いたのだが、ご在宅であろうか？」

んげ!?

見下ろすと玄関に鎧《よろい》を着た熊が出没している。

まさかなんで俺だってバレたんだよ！

マズいマズい！

近衛《このえ》騎士団に喧嘩《けんか》売ったことがバレたら、最悪逮捕ってことも……。

俺が部屋に戻ろうと忍び足で歩いているとロータスが俺の姿を目ざとく見つける。

「ノルドさま、いやノルド大師匠！　我を貴公の弟子としていただきたく馳《は》せ参《さん》じました」

「は？　弟子？」

俺は意味が分からなかった。


――ヴィランス家応接室。

笑っちゃいけないのだが、ロータスが椅子に座るとサーカスの熊が自転車に乗ってる姿が浮かんできてしまう。

やたらと図体《ずうたい》のデカい突然の来訪者にメイナさんとマリィはドアの隙間から不安そうにこちらの様子を窺っていた。

よほど俺たちの話が気になったんだろう。しばらくすると給仕《きゅうじ》メイドでもないのにメイナさんはその役を買って出たようで俺とロータスのカップに紅茶を注いでいた。

メイナさんに一礼したロータスは大きな身体《からだ》に不釣り合いなくらい小さなカップに口を

つけたが、俺はその姿が滑稽でならない。なんせカップの取っ手になんとか太い指が入るくらいの奴《やつ》だから。

ロータスは半分ほど紅茶を飲むと口を開く。

「ノルドさまの弟子にしていただきたく、馳せ参じた次第にございます」

ロータスは図体はデカいが腰はやたら低い。言い終わるとテーブルに頭突きをぶちかます勢いで俺に頭を下げていた。

「うむ、断る！」

だが俺の気持ちも考えて欲しい。十歳前後の少年に二十歳を越える青年が弟子にしてくれという要望のちぐはぐさを。

「そもそも俺のようなガキに入門したとなれば、騎士団はどうするんだ？　それこそ体面というものが保てまい」

「心配ご無用！　そのために騎士団長は辞職いたしましたゆえ、ご安心を！」

いや辞めんなよ！

逆に心配だよ、そんなことされたら……。それこそマグダリア伯爵家の没落の原因になっちまう。

俺が一向に首を縦に振らないことにロータスは意味不明な提案をしてきた。

「では我が愛妹《まな》エリーゼをノルドさまに嫁がせようかと……」

「なんだと⁉」

なんで死亡フラグから逃れようとしたら、逆に向こうからやってくるようなことになるんだよ！

俺があ然としてるとロータスはエリーゼのことを褒《ほ》め称《たた》え始めた。

「手前味噌《てまえみそ》ではあるのですが我が妹エリーゼは目に入れても痛くないほど、我の姿からは想像ができぬほど見目がよく、とても気立てがよいのです。お会いになっていただければノルドさまもきっと気に入っていただけるはず……さすればノルドさまは我が義弟となり、体面は問題ないかと」

いやもう俺、ぜんぶ知ってるから……。だけど知らないふりして、ロータスの妹自慢に聞き入った。

つか義弟になりゃ体面が保てるとか、そういう問題なのかよ。

「俺の兄妹《きょうだい》はマリィだけで充分だ。おまえをお兄さまなどと呼ぶなど虫酸《むしず》が走るわ！」

にしても疑問点がいくつかあったのでロータスに訊《たず》ねてみる。

「なぜ俺だと分かった？」

「そのガリアヌスの太刀筋と言えば、ヴィランス家において他ありませぬからな」

しまった……。

木剣をしなるように扱っていたから、ロータスぐらいになると丸分かりだったか。

床の間ではないが、応接室の暖炉の隣に鎮座する愛剣ガリアヌスを今日ほど忌々《いまいま》しく思った日はない。

俺はテーブルに両肘をついて頭を抱えこんでしまいそうだったが、それとは裏腹に修正力の影響か、テーブルに足を乗せ腕を組みふんぞり返っていて、マジお行儀悪い態度を取ってしまっていた。

ロータスの口振りからするとどうやら俺は自身の想定を越えて、強くなりすぎてしまったらしい……。

俺に魔獣使い《テイマー》のスキルがあれば、マリィによろこんでもらうためにロータスに玉乗りを仕込んでやろうかとも考えたが、残念ながら俺には女の子相手の調教師ぐらいしか務まりそうにない。

ノルドに騎乗してもらいながら、女の子を調教していくんだけど……。

ただ俺は弟子なんか取る気はなかったので、適当な理由をつけ、野良犬《のらいぬ》でも追い払うかのようにしっしっとロータスに帰宅を促した。

「ロータスと俺とでは使用する武器が違う。だから教えることなどできない。帰れ！」

「弟子にするまで帰らぬと言ったら？」

「叩《たた》きのめすまで！」

「望むところ！」

俺とロータスは互いにメイナさんの淹《い》れてくれた紅茶を飲み干し、カップをソーサーへ置いたのを合図に扉を開けて、競うように飛び出る勢いでバルコニーへ出る。

「とうっ！」

ロータスはかけ声と共に欄干を飛び越え四階から庭園へ飛び降りていったが、俺は急ブレーキをかけたのち、そっとバルコニーの扉を閉じた。

【隠蔽結界《ダークインビジブル》】

俺は魔導を用い、ロータスからヴィランス家が見えないようにする。

「ノルドさま、よろしかったのですか？」

メイナさんは外で必死に俺の屋敷を捜すロータスを見て、心配そうにしていた。

「捨て置け。クマは人間に飼えるものではないのだ」

「は、はい……」

やはり人間とクマは相容《あいい》れない。

それだけならまだしもノルドみたいな悪人ではないけど、エリーゼの兄貴ってのが問題ありあり！　しかも彼女の意思も訊《き》かずに俺と結婚させようとか脳筋通り越して、下衆《げす》の極みだぞ、ありゃ……。

「お兄しゃま……あしゅは……」

「おお、そうだったな」

マリィが応接室の扉をそーっと覗《のぞ》いたあと、客人が誰もいないことが分かったことで、俺の下に駆け寄り袖を摑《つか》んだ。

翌朝、マリィとピクニックへ行くために準備をしていた。執事たちが大きな旅行鞄《キャリーケース》を客車《キャビン》の後ろへ載せ、馬車担当の従者たちが俺たちの乗る馬車の点検を済ませ、あとは出発するだけとなったのだが……。

「メイナ、なにをしようとしているのだ。おまえはこっちだ」

「ノルドさま、しかし私はメイドの身分……」

メイナさんは客室ではなく、外に乗ろうとしていたので客室に乗るように促した。

「何度も言わせるな。メイナは俺とマリィの母同然。ならば乗る場所は決まっているだろう。それとも俺たちと同乗するのは嫌か？」

「めっそうもございません！　むしろお二人を私の乳房でいっぱいかわいがってあげたい

というか……」

「そ、そうか……」

メイナさんは頬を赤らめると俺から視線を逸《そ》らし、胸元を揉《も》んで準備体操を始めた。

「わーい！　まりぃ、メイナのおっぱいだいちゅき！」

マリィはメイナさんの足をひしっと抱いて、うれしさを大アピール中だ。

俺も大好きだよ！　口には出せないけど……。


馬車は屋敷から見える小高い丘を目指して走りだしていた。俺の修行がいち段落ついたところでピクニックへ行こうという約束になっていて、小さなマリィは大よろこびしている。

領内を一時間ほど走った頃だろうか？　俺は丘のてっぺん辺りで御者を務める青年従者に呼びかけた。

「モラン、馬車を止めろ」

「ここで野外歓迎会《パーティー》をされるのですね」

「ああ、よく分かってるじゃないか」

モランは若いが従者のなかでも聡明《そうめい》で、俺の意をよく汲《く》んでくれていた。そんな彼は馬をなだめて、ゆっくりと馬車を停《と》めて、客室のドアを開けてくれる。

馬車から降りるなり、俺は大声で一喝した。

隠蔽、暗殺、間諜《かんちょう》に特化した俺からすれば、たとえ巧妙に物陰に隠れていたとしてもサーマルビジョンを使ったようにその像は簡単に浮かびあがる。

「雑魚《ざこ》が雁首揃《がんくびそろ》えたところで、なにができるんだ？　隠れてないで出てこい！」

すると丘と丘との間の窪《くぼ》みからぞろぞろと人が出てくる。

五人、十人、百人と出てきて、最後には千人近い人数になってしまっていた。これから魔族相手に戦争でも始めます！　って雰囲気だ。

俺のまえに最初に出てきた男二人。

「ほう、また俺にやられに来たとはご苦労なことだ」

ロータスの護衛をしていたあの二人の騎士だ。

「ふん、雑魚でも数に物を言わせればなんとかなると思ったか……。モラン！　メイナとマリィを頼む！」

「はい！　で、でもノルドさまは……」

「俺がこの程度の雑魚どもに後れを取るとでも？」

「いえ、そんなことは……」

俺の修行を間近で見てきたモランでも騎士一千は多いと思ったのだろう。だが俺の乳母と妹の反応は正反対だった。

「モラン！　弱気はらめなの！　お兄しゃまが負けるわけにゃいの！」

「そうよ、モラン。ノルドさまを信じるのよ」

「は、はい……」

二人がモランを諭している間にも俺に復讐《ふくしゅう》でもするつもりの騎士たちから喚声があがった。

――――ウォォォォォォォォ――――‼

騎士たちは人間はもちろんのこと馬までフルプレートをまとって、抜剣しつつ雄叫《おたけ》びをあげながら、俺に一直線に向かってくる。

「俺はそこの二人を倒したときより数倍強くなってるぞ！　俺直々におまえらの鎮魂歌を唱《うた》ってやろう」

俺がガリアヌスを抜いたときだった。

騎士たちは一斉に進軍を停止し、俺と一定の間合いを保ちながら、捧刀《ささげとう》よろしく剣を顔のまえに持ってきて、

「ノルド！　ノルド！　ノルド！　ノルド！　ノルド！　ノルド、ノルド、ノルド、ノル

ド、ノルドォォォォォォォ――――――――――――――――!」
いきなり俺の名前を雄叫びのような声で連呼する。

なんなのかな?

家族のまえでちょっと恥ずかしいので止《や》めて欲しい……。

「止めんか! まったく人の名をなんだと思ってるんだ!」

俺が一喝すると連呼は訓練でもしてきたかのようにぴたりと止《や》んだ。

騎士たちはひそひそと俺の噂《うわさ》を始める。

「並みの者では到底扱えぬガリアヌスを自由自在に操るノルド新団長さまだっ!」

「禍々《まがまが》しくも頼もしい!」

「それだけじゃないぞ、見目も麗《うるわ》しい!」

口々に俺のことを話してるのだが、男に見目が良《い》いなど言われてしまうとおしりを押さえたくなった……。

魔導で眠らせたあの二人が、俺のまえで跪《ひざまず》いた。

「ノルドさま、いえ……ノルド新団長、先日に続き本日も重ね重ね、非礼をお詫《わ》び申し上げます。私はガゼル、そちらはフルトン。私ども近衛《このえ》騎士団はロータスさまの後任として、あなたさまを歓迎するために参った次第、どうかロータスさまの願いをお聞き届け願います」

ロータスも騎士たちも俺の意思などまったく訊いちゃくれない……。

「勝手に騎士団長などにするな！」

「我らノルド団長に忠誠を誓う所存です！」

ガゼルの言葉に周りにいた騎士たちが深くうなずいた。

「おまえらの忠誠など要らぬ！」

「かくなるうえは団長さまに俺たちの忠誠心を見せるために心臓を捧《ささ》げよう！」

「「「「おう！」」」」

騎士たちは胸当てを外したかと思うと、各々《おのおの》ナイフを掴み、胸元に持ってくる。

まさかあいつら、自刃《じじん》するとかじゃないよな？

「では忠誠の証《あかし》を立てるぞー！」

「「「「おう！」」」」

「くそっ！　世話の焼ける連中だ‼」

【木偶人形《パラライズ》】

俺は騎士たちの身体《からだ》を麻痺《まひ》させ、馬鹿げた忠誠心の示し方を引き留めた。

「痴《し》れ者《もの》がっ！　おまえらが命を捧げるのは国家《アッカーセン》であって、俺ではないっ！」

「「「「はっ⁉」」」」

まあ『成勇』ではノルドがアッカーセンを牛耳るので結局おんなじなんだけど……。

みんな自分の愚かさをようやく悟ってくれたのか、しばらく驚いた表情のまま固まっていたが、ゆっくりと一人が口を開く。

「さすがノルドさまだ……」

「なんという忠誠心の塊なのだ……。犬死にしようとした自分が恥ずかしい」

「やはり団長はノルドさまが相応《ふさわ》しい！」

「我らがノルド団長さまにバンザーイ！」

騎士たちは顔を見合わせると俺を一斉に取り囲んで、胴上げしようとしてくる。

「や、止めろおぉぉぉ～！　お、おろせぇぇぇ！」

俺は文字通り騎士たちから担《かつ》ぎ上《あ》げられてしまっていた。

俺は日参してくるロータスをまえにして、チベットスナギツネのような虚無顔をしていたと思う。

俺は騎士団長職を固辞し続けた。

そのため、団長空位のまま、ロータスの側近であるガゼルとフルトンが副団長となり二人で近衛騎士団を統率することになったらしい。騎士団全員が俺か、ロータスじゃないと騎士団長に相応しくないと言っている。

俺の馬車が近衛騎士団の隊舎のまえを通りかかったときは大変なことになった。

なんてわけの分かんないネーミングを騎士たちからつけられ、心底迷惑して以来、あそこは避けて通るよう御者に命じている。

【シン・近衛騎士団長】

そんな我がままが通るんだから、さすが異世界と言わざるを得ないよ……。

俺が結果的に騎士団の座から引きずり下ろしたってのに、弟子にしてくれとかおかしいだろ……。

「あれほど来るなと言っただろう。俺の弟子にしてもらいたいと言っているのに、なぜ師匠の言うことが聞けないんだ？」

「まだ弟子にしてもらっておりませぬ」

ロータスは屋敷《やしき》の門のまえにどかっと座り込んで腕を組み、梃子《てこ》でも動かないといった態度を取る。門柱のまえなら趣味の悪いオブジェにでもなるんだが、まん中に居座るものだから邪魔で仕方ない。

「分かった。今日からロータス……おまえは俺の弟子だ」

「おお！　ありがたき幸せ！」

「では稽古を申し渡す。明日から俺の屋敷に来るな。そして稽古が済んだら破門だ」

「稽古方法を教えていただき、誠に感謝！」

と深々と俺に頭を下げ、今日のところは素直に引き上げていったロータスだったが……。


翌日。

「非礼を詫び、また弟子にしていただきたく参った次第」

「来ること自体、非礼にして非常識。それに俺は来るなって伝えたはずだ」

「破門にされたので稽古は無効かと」

懲りずにやってきたロータスに俺は辟易《へきえき》した。絶対に入門したいロータスと絶対に弟子にしたくない俺の根競《くら》べだ。

そんなやり取りが幾度となく繰り返されている。

「我を是非ともノルドさまの弟子にしていただきたく……」

「断る！」

ロータスがすべて言い終わるまえに、俺は彼に告げた。

「では我が最愛の妹エリーゼをノルドさまの妻として……」

　おいおいおい！

　聖騎士たる者が弟子にして欲しいからって理由で妹をどう見ても悪役の俺に差し出すとか狂ってるだろ！

「おまえの野望のために妹を差し出すとはロータス……貴様もずいぶんと下衆《げす》な兄だな。だが！　俺はエリーゼはいらん」

　せっかくケインの奴《やつ》がエリーゼを射止められるようにお膳立てしてやったのに、それを無に帰するのは忍びない。

　ロータスにきっぱりと拒否っておいた。

　これでエリーゼが俺の伴侶になるどころか、接近するフラグをバッキバキに折ってやったことで俺は満足していた。

「ならば安心！　ノルドさまが我が妹エリーゼを所望されたなら、隙を見て寝首をかくつもりだった」

「おい……師匠とか敬いながら、人を試すのは反則だろ」

「我はノルドさまを信じておりましたので」

　くそう……脳筋のくせして、心を巧みにくすぐってくる。

「ということでノルドさまは信頼に足るお方だと証明されたので、さっそく家に手みやげとしてエリーゼとの婚約の話を持ち帰ろうと思う所存」

「余計なことを持ち帰るな！　持ち帰っていいのは遠征時のゴミだけだ。まったく油断も隙もあったもんじゃない」

容姿こそ、まさに美少女と野獣って感じだがさすがは兄妹《きょうだい》……似た者同士ってことがよ〜く分かった。

「仮におまえがエリーゼをうちに寄越《よこ》すというなら、俺はぜったいにおまえを弟子にすることはないと思え」

「それは遺憾！　ノルドさまも我が妹を一目見ればたちまち恋に落ちるほどの見目をしておりますぞ」

エリーゼがいくら美しかろうが、俺の妹マリィのかわいさには敵《かな》うまい。

「それは知っている。そういう問題ではない！　いいか、ぜったいに連れてくるなよ、ぜったいにだぞ！」

これでロータスがエリーゼを連れてくることはないだろう。うん、間違いない！

俺たちが庭先でわちゃわちゃと騒いでいると、たまたま外で洗濯物を干すメイナさんの後ろにひっつき虫をしていたマリィが俺とロータスを見て、駆け寄ってきた。

ロータスを一目見て、彼に指を差すマリィ。

「お兄しゃま、クマしゃん飼いたい」

「こらこら、マリィよく見てみろ。こいつはクマじゃない人間だ」

「でもかわよいよ」

マリィの感覚からすれば、赤ちゃん座りするロータスはかわいいらしい……。

「し、仕方あるまい。我が愛《いと》しき妹マリィに免じておまえを飼ってやる。感謝しろ！」

「ありがたきしあわせ！　マリィさま、このロータス、お心遣いに感謝いたします」

「あい！　よかっらね、クマしゃん！」

ロータスのおかげでマリィの満面の笑みが見れたので、よしとするか……。

ん？　なんで俺……エリーゼじゃなく彼女の兄のロータスを飼うことになってるんだろう？

まあ細かいことは気にしないことにしよう！

ゲーム内でノルドはロータスを酷《むご》たらしく死に至らしめて、エリーゼから強い恨みを買ってるからなぁ……。

だから俺の周囲に近づけたくなかったんだけど。

「ロータス、おまえに任務を与える。そこにいるメイナとマリィの護衛をするんだ。命に代えてもな！」

「はは、師の妹君ならば、よろこんで」

――――【エリーゼ目線】

「お父さま、お母さま、行って参ります」

「エリーゼ、気をつけるんだよ」

「本当にあなたって子は熱心よね」

「大丈夫、ケインがついてきてくれますから」

両親に安心してもらうためにそんな嘘《うそ》をついてしまいました。ケインがついてくるほうが不安なのですが、やっぱり恩人さまと再会を果たしたいという想《おも》いのほうが勝ったのです。

屋敷の門のまえで両親に出発の見送りを受け、馬車に乗り込みました。

「マグダリアさま、ボクがエリーゼさまをお守りするので任せてください」

「頼んだよ、ケイン」

「お願いね」

ケインは両親のまえでとんと胸を叩《たた》いて自信をアピールしたのですが、彼の外面の良さが目についてしまいます……。

ケインも客室に乗り込もうとしたのですが、

「ごめんなさい、ケイン。私の隣に座るのは恩人さまだけと決めているので、あなたは御者席に座って欲しいの」

「……はい、エリーゼお嬢さま……」

私に断られると不貞腐《ふてくさ》れた顔で御者席に乗ったのです。貧しい人たちに治癒の施しを与えるために私は彼らの住む地区へ出かけていました。

「エリーゼお嬢さま、着きました」

「私が治癒している間、あなたは恩人さまを捜してください。私も終わり次第、合流します」

「かしこまりました」

王都の街外れに来ると途端に周囲のお家《うち》の雰囲気ががらりと一変します。崩れた壁に穴の空いた屋根……馬車を貧しい人たちが住む地区に停《と》め、私は施しを名目に両親から外出許可を取り、命の恩人さまを捜し歩いていました。

「エリーゼお嬢さまぁ……、もう止《や》めておきましょうよ～。見つかりっこないですよ」

「いいえ、まだあきらめません」

足を棒のようにして恩人さまの手がかりがないか調べていると、ケインが手を後ろで組んで、だるそうにしていました。

彼にいら立ちを感じましたが、ケインと別れ、別の場所に移り怒りを鎮《しず》めます。貧しい地区以外からも情報を得ようと市場のある通りで聞き込みをしていると、

――ロータスさま騎士団長を辞めたってよ。

――マジか⁉

――どうなるんだ、この国はよお～。

――しーっ、エリーゼさまが来てる。

私の姿を見るなり口をふさいで噂話《うわさばなし》を止め、苦笑いする通りの人たち……。こんなところにまでロータスお兄さまの話題が広がってしまうなんて。

しばらく訊《たず》ね歩いていたのですが、なんの手がかりも得られないことに疲れが見え始めたときでした。

そういえば気になるのはさっきの噂話……。

マグダリア家から久々に輩出された騎士団長ということで両親もとてもよろこんでいたのに、お兄さまは仕事もせずに街をぶらぶらと遊び回っているというもっぱらの噂……。

あんなにも真面目だったお兄さまがいったいどうされたというのでしょう？

まさか……まさかと思うのですが、奥手のお兄さまは悪い女性に誑《たぶら》かされて、悪の道へ進まれたとか⁉

「えっ⁉」

人々の活気で賑《にぎ》わい、道の両端に数多くの露店が出ている大通りで意外すぎるものを見て、私は腰を抜かしそうになりました。

「ロータスさま、買い物におつき合いさせてしまい、申し訳ございません」

「いや気にすることはない。師のご命令とあればよろこんで」

あ、あのお兄さまが仕事にも行かず、綺麗《きれい》な女性と愛らしい女の子と笑いながら仲睦《むつ》まじそうに歩いていたのです！

「お兄さま！　私はおろか、お父さまやお母さまになにもご相談なく、彼女を作ったあげく、子どもまで作るなど不潔ですっ‼」

私は人目もはばからず、お兄さまの行く手に、立ちはだかっていました。

「エリーたん⁉　ち、違うのだ。これはノルドさまに頼まれ、彼女たちの護衛を……」

「まりぃなの！　エリーお姉しゃん、よろちくね」

お兄さまとは似ても似つかないとても愛らしい女の子があいさつしてきてくれて……、

「まあ！　なんてかわいい女の子なんでしょう！　違う、絆《ほだ》されちゃダメ！」

思わず私は姪《めい》と思《おぼ》しき彼女を抱きしめていました。

「って、お兄さま！　私は騙《だま》されませんからね。ちゃんと説明していただかないことには」

四人でお昼は食事を提供している酒場へとやってきました。

出された紅茶の香りを嗅いだことで少し落ち着きを取り戻した私にお兄さまが説明してくれたのですが……、

「えっ⁉　ヴィランス公爵のご令息であるノルドさまに弟子入りして、彼の妹のマリィさまと従者のメイナさんの買い物の付き添いをしていたですって？」

「ああ……」

「ロータスさまの仰《おっしゃ》っていることは本当です」

「クマしゃんはお父しゃまじゃないのら！」

自分の勘違いが恥ずかしくて、くらくらと頭が揺れ、めまいがしてきそう。

「で、でも三人並んで歩いていると親子かと……」

三者三様に首を振って、私の言葉を否定しました。そういえば……お兄さまはノルドさまの弟子になったと言っていたけど……、

「あのお兄さまが師事されたというノルドさまにごあいさつに伺わないとなりませんね。あ、いえ興味なんてこれっぽっちもないんですよ。ただお兄さまがお世話になってるなら、と思いまして」

お名前はちらほらとお聞きしていたのですが、お顔は存じあげておりません。とは言うものの、顔見せくらいはしないとならないのが貴族社会というもの。

ですが！

堅苦しい貴族社会に辟易《へきえき》し始めていた私は恩人さまと駆け落ちして、二人で辺境に引きこもり、いちゃいちゃと日々、カラダで愛を語り合う生活を送りたいのです。

私がお慕い申しているのは恩人さまですから……、お兄さまが弟子入りしてしまうほど心酔するノルドという男……私と恩人さまの結婚生活を邪魔する者なら排除する必要があると。

やっちゃうのはケインなんですけどね♡

私が三人に見えないようテーブルの下で拳を握っていると……。

「我は是が非でもエリーたんにはノルドさまと会ってもらいたいのだがなぁ……」

お兄さまは大きな身体《からだ》を小さくしてしょんぼりしながら、メイナさんとマリィさまに目《め》配《くば》せしたのです。

「エリーゼさま……たいへん申し訳ございません。理由は不明なのですが、とにかくエリーゼさまとの面会だけはご遠慮願いたいと仰っておりますので……」

「お兄しゃま、エリーたんとは会いたくないらしいよ！」

「なっ⁉」

顔も合わせないうちから、会いたくないだなんて、なんて失礼な方なんでしょうか。

「いったい私がノルドさまになにをしたというのでしょう？　もし私になにか落ち度があるとすれば、直接お会いして謝罪しなければなりません。お兄さま！　ノルドさまに掛け合ってくださいませんか？」

「エリーたん……」

しゅんとなったお兄さまは助けを求めるようにメイナさんとマリィさまを見たのでした。


――ヴィランス公爵家。

アッカーセン王国でも最有力貴族のヴィランス家……逆らえば、たとえ貴族といえどもこの国で生きてゆくことはできないとされています。

そのお屋敷《やしき》に招かれ、私は驚きを隠せませんでした。

応接室のドアが開き、現れた青年の姿に……。

「こほ～っ、こほ～っ。おま……あなたがエリーゼか、おれ……ワタシはノルド・ヴィランスだ……です、こほ～っ」

私の目の前に姿を現したのは仮面をつけた男性だったのです。

なるほど！　見目があまりよくないから、仮面で隠さざるを得ないとか……。それなら私と会いたくないという理由も分かります。

あれ？　おかしいです。街の人たちの言葉でイケメンというのでしょうか、ノルドさまは大変見目のよいお方だと聞いておりましたのに。

はっ⁉　そう言えば私……なにか忘れているような気がするのですが、思い出そうとしても思い出せません。誰かと一緒に来ていたような気もしますが……。

第3章　身バレの危機

――【ノルド目線】

くそ……。

メイナさんとマリィから頼まれて、エリーゼと会談することになってしまった……。

俺は甲冑《フルプレート》の頭部だけをかぶり、鉄仮面としてバイザーのスリットからエリーゼを見ている。

「す、済まない……このような姿でお会いすることを……」

「い、いえ、こちらこそご無理を言ってしまったみたいで……」

なんだろう、このお見合いみたいに堅い雰囲気は。俺は身体を震わせながら、必死でノルド語になるのを抑えてみたのだが……。

「ノルドさま、もし差し支えなければ仮面をかぶらなければいけない理由などをお教えいただけないでしょうか？」

「差し支えはある！」

「えっ⁉」

　俺はエリーゼの問いにはっきり答えた。理由は答えたくないと……。すると彼女はこめかみに汗をかきながら、苦し紛れに言うのがやっとだった。

「そ、そうですよね……」

「そうだ……いやそうです」

　せっかくエリーゼに身バレしないよう、あれやこれやと動いてきたのにこんなところでバレてしまったら、すべて水の泡だ。

「もし呪詛《じゅそ》の類なら私が解呪いたします！　どうか私にお任せください」

「い、いやいい……国中の回復術師《ヒーラー》、退魔師《エクソシスト》、呪術師、薬師《くすし》などあらゆる者を呼んだがいずれも効果がなかった」

「物は試しと申しますので……」

「いらないと言ってるだろう！」

　エリーゼの気づかい、もといしつこさに俺は思わず声を荒らげてしまったが、我に返ったときにはもうすでに遅かった。

「あれ？　私、ノルドさまのお声と似た声を知っています。それに不思議とノルドさまとお話ししていると私の恩人さまに思えてなりません」

「それならば人違いだろう。俺はエリーゼを助けた覚えなどない」

「あ！　恩人さまはそんなしゃべり方をされてたんです！　まさかまさか……」

「私があなたを助ける理由はありません。それに私はこんな見た目ですので、市井《しせい》に出たこともございませんから」

「市井？　なぜそれを？　私はどこで助けられたとはお伝えしていないはずですが……」

「たたたた、助けると言えば、市井の確率が高いかなと思いまして……」

「なるほど……確かにそうですが……」

俺をジト目で見てきて明らかにいぶかしんでいる様子のエリーゼだったが、追及を諦めたのか、なぜか彼女は話題を変える。

「あの〜ノルドさま。ノルドさまも当然勇者学院に入学されますよね？」

「私はこのような呪詛のため、入学は辞退するつもりです。エリーゼが実力者の五指に入るようここで祈ってますよ」

「それは残念です……五指筆頭だった兄が師事するほどのお方の実力を見たかったのですが……」

うぐぐ……ノルドを抑え込むのがツラい。

俺はそんなそんなといった風に首を振って謙遜しながら、エリーゼに無言で返事する。

余計なことをしゃべろうとするとノルドが「よかろう、俺の実力……とくと見るがいい」とか言いだして碌《ろく》なことにならない。

「ではせっかくお越しいただいたのですが私は所用がございますので、これにて失礼いたします」

「お手間を取らせて申し訳ありませんでした」

俺が立ち上がり、部屋から去ろうとエリーゼに後ろを見せた、そのときだった。

【解呪！】

あぶねっ！

間一髪、背後から飛んでくる詠唱破棄した解呪魔導を首を傾け、回避した。壁には、ぽわーんと蛍光グリーンの魔導陣が浮かんで、しばらくすると消えていった。

「うそ……私の回復魔導が躱《かわ》されるなんて……」

「なにをなさるのかな？」

「エリーゼ！　なんという失礼なことを！　ノルドさまにすぐに謝罪を！」

あのロータスが愛称も忘れて、エリーゼを叱っている。

「ノルドさまを試すような真似《まね》をしてしまい、申し訳ありませんでした。ですが、これで確信が持てました。私もノルドさまに入門いたします」

「断る！」

「どうしてですか！」

「人の実力を試すような者を弟子に取ることはないからだ」

「兄の実力は試されたのに？」

「俺、じゃなかった……私はロータスの師匠だ。弟子を試すこともあろう」

「では私も試してみてください」

「いまので分かった。キミの能力は素晴らしく私が教えられることはない」

「またまた、ノルドさまはうそを仰っています。私の実力など知れておりますから」

「私はこの鉄仮面の呪いのおかげで嘘《うそ》をつけない」

「分かりました。今日のところは引き上げます。ですが諦めたわけではありません。必ず私がノルドさまの仮面の呪いを解いてみせますから」

弟子にして欲しいんじゃなく、結局そっちかよ！

「い、いやいいいっ！　私の魂はこの仮面と同化しているから、呪いを解かれると死んでしまうのだ」

「ぜったいに死なせたりなんかしません。あなたのお顔をこの目でしっかり見ないことには夜も眠れそうにありませんから」

エリーゼは俺の手を取ると目をキラキラとさせて、鉄仮面のスリットから俺の目元を覗《のぞ》き込む。俺は悟られないよう気絶でもした人間のように必死で白目を剝《む》く努力をした。

俺の瞳が確認できないと分かるとエリーゼは離れたのだが、固く拳を握り解呪を成功させることに自信を見せていた。

頑《かたく》なに鉄仮面を取ることを拒んだことで、エリーゼを助けたケインを名乗る男＝俺という仮説が彼女のなかで立てられてしまっている。

俺はしつこい探偵か刑事の、なにがなんでも事件を解決しようとする根性に火をつけてしまったみたいだ……。

――ヴィランス公爵の書斎。

「ノルド、勇者学院に行きたくないなどという話が耳に入ったが本当か？」

「ああ！　俺は勇者学院へは行かないからな！」

「馬鹿者がっ‼」

長髪でウェーブのかかった髪型、細長い顔に尖《とが》った顎、目つきが悪くいかにも神経質そうな男は口答えした俺に雷を落とす。

俺の異世界での父親であるワルドから発せられた怒号で家具や扉のガラスがビリビリと

振動し、脇に控える執事とメイドたちはビクリと反応してしまっていた。

「おまえも知っているだろう。アッカーセンにおいての、貴族の役目というものを！　ここ二百年もの間、魔導の使える者はほぼ貴族に限られており平民たちを魔族から守るという名目で税を取り立て、裕福な生活を送る担保となっている。おまえはそれを捨てると言うのか？」

　ワルドが語ったのは、いわゆるアッカーセン版ノブレス・オブリージュって奴《やつ》だ。それは痛いほど分かる。だが、俺たちを作ったまま放置プレイしていたくせに偉そうなことを言う父親に噛《か》みついた。

「俺たちを放っておいていまさら説教か？　あんたは世間体しか気にしてないだけだろ」

「そうだ。それのなにが悪いのだ？　おまえもマリアンヌも私の所有物に過ぎないのだからな。おまえはもっと頭が回るほうだと思っていたのにとんだ思い違いで、がっかりだ。おまえに期待を抱いた私が馬鹿だったのだな」

「心配するな、馬鹿でも俺の実力ならば冒険者として暮らしていけるはずだ！」

「見損なったぞ、ノルド！　貴様にはすべての貴族どもにヴィランス家の人間がいかに優秀か知らしめる役割を担《にな》ってもらうつもりでいたのだが、冒険者になりたいなどと血迷ったことを言い出すとは……」

「俺は勇者学院に入ると……んぐく……ぐはっ！」

　ぜい……ぜい……はぁ、はぁ……。

（エリーゼといっしょに勇者学院に入ろうものなら、俺が死んでしまうんだよ‼）

　そう俺の異世界での父親であるワルドに言いたかったが、俺の身体《からだ》が浮き上がってしまいそうなくらいの不可思議な力で喉を押さえられ、言葉が出ない。もしかしたら、修正力が働いているのかもしれなかった。

「よかろう、好きにするがいい。ただし、今日から二度とヴィランス家の敷居《しきい》を跨《また》げると思うなよ」

「ああ！　俺は辺境で冒険者として生きてゆく。いままで世話になった」

　喧嘩別《けんかわか》れのような形でソファから立ち上がり、俺が書斎を立ち去ろうとすると、ワルドは俺を呼び止め言い放つ。

「待て、ノルド！　貴様が家を出るというならマリアンヌも連れて行け！」

「なんだとぉぉぉ⁉」

　俺は前世で貧乏暮らしもへっちゃらだったが、貴族暮らししかしたことのないマリィにそれは酷ってもんだ。

　ワルドはマリィを呼び出すと俺の隣に座らせた。

「お、お兄しゃまぁぁ……」

俺たちの険悪な雰囲気から事情を察したのか、マリィは俺に抱きついて、まぶたいっぱいに滴を浮かべているが、俺に悪いと思ったのか必死で泣くのをこらえている。

くそっ！　俺はともかくこんな健気《けなげ》な子どもに酷《ひど》い仕打ちを……。


ホワァァァァン♪

唐突に俺の頭に思い浮かんだ光景……。

「お兄しゃま、おなかすいらぁ……あっ、マカロン！」

「マリィ、それマカロンやない。毒キノコや」

前世の記憶にある戦時中の兄妹《きょうだい》の悲哀を描いた映画のワンシーンが、俺たち兄妹に置き換わってしまっていた。


ぶんぶんと首を振って我に返ると、まだ年端《としは》のいかないマリィは行く末を案じてか、震える声で訊《たず》ねてくる。

「お兄しゃま……まりぃ、びんぼうになっちゃうの？」

「そんなこと、ぜったいに許さねえ！」

俺は立ち上がり、書斎にいる全員に向かって宣言した。従者のみんなは『よくぞ言ってくれました』みたいな顔をしていたが、ワルドが睨《にら》みつけるとうなだれてしまう。

意気消沈する従者たちだったが、いつもは優しげな笑みを浮かべ、お淑《しと》やかな人が声を上げた。

「お待ちください！　旦那さま、私がノルドさまを説得いたしますので、どうかお二人の勘当だけはお許しください」

「ノルドが増長したのはメイナ、おまえの責任だ。この馬鹿を説き伏せるなり、縄で縛るなりして勇者学院に入れさせろ」

「申し訳ございません……旦那さま……」

メイナさんが頭を下げると、赤く焼けた鉄のように憤慨していたワルドは水に浸《つ》け込まれたかのように湯気を出し怒りを静めた。

「あのメイナが私に意見するとは……」

書斎机に片肘をついて、息を漏らすようにつぶやくワルド。普段物静かでとても人に意見しそうにないメイナさんに意見されたことでかなり驚いている様子だった。

「ふん、メイナに救われたな。あまり親を困らせるな」

捨《す》て台詞《ぜりふ》のように俺に言葉を吐いて立ち上がると、ワルドはメイドからコートを着せてもらい部屋を出ていってしまった。

部屋に残ったみんなから、ほっという安堵《あんど》の息が漏れる。

メイナさんにあそこまで言われてしまっては、俺はどうしようもできなかった。俺を本当の子どものように慈《いつく》しんでくれた彼女の顔に泥は塗りたくなかったから……。

マリィにいままで通りの暮らしができると伝えると「わ～い♪」と無邪気にはしゃいでおり、年相応の反応を見せてくれて安心した。

メイナさんが俺と二人きりで話がしたいというので、俺の部屋のベッドの縁に座り話し込む。

「ノルドさま……ワルドさまのご事情もお察しいただけないでしょうか？」

「ワルドの事情だと？」

「はい……旦那さまは実力十分と言われながら、五指に入ることができずに準勇者の称号しか得られていらっしゃらないそうです。だからノルドさまに期待されて……」

「そんなの親のエゴではないか。碌《ろく》に俺たち兄妹を見にも来ないくせして」

「はい……それも悔しさから五指勇者である貴族さまたちを潰すために躍起になられているようで……」

なるほどなぁ、ワルドは劣等感からアッカーセンを牛耳ろうとしていたのか。

ふむふむとメイナさんの話に納得していると彼女は俺の手の上に手のひらを重ねていた。

「ノルドさま……いけない私をお許しください……いつしか私はノルドさまのことを好きになっておりました。親子ではなく、女として……」

「えっ⁉」

俺が驚いたときにはメイナさんは仕事用の髪型であるポニーテールを解《ほど》いていた。するとどうだろう、ふわっと彼女の髪の良《い》い香りが漂い、俺の理性を揺さぶってくる。

目を閉じて、俺の答えを待ち望んでいるようだった。

ごくり。

これって、やっぱり……。

――【メイナ目線】

私は娼婦《しょうふ》の娘として生まれました。弟と妹がおりますが、全員父親が異なります。決して裕福な家庭ではありませんでしたが、母譲りの見目により、十五歳でハイネという男性に見初められたのです。

その人は元傭兵《ようへい》でした。

「お前のような娼婦の娘をわざわざ引き取ってやったんだ、感謝してもらいたいものだな」

彼は見た目だけで私を選んだようで……。

母から娼館《しょうかん》での愚痴を聞いていたのですが、ハイネの私に対する扱いは娼婦とさほど変わりないように思えました。

それでも……。

「わけの分かんねえ客取らされるより、おれの方がよっぽどマシだろうが！」

「はい……」

仕事で気に食わないことがあれば手を上げられることもしばしばありました。それでもなんとか彼を宥《なだ》めて、仕事に送り出す辛《つら》い日々。ただ少しでも家計を助けたくて、ハイネとの結婚生活を受け入れました。彼と結婚しなければ、私は母と同じく娼婦となっていたかもしれないのですから……。

ハイネを受け入れて、しばらく経《た》った頃です。

「うっ……」

突然吐き気が喉の奥から込み上げてきました。そのときは風邪でも引いたのかと思っていたのですが、その程度で家事はサボれません。ふらふらする身体を押して街へ出ると、偶然にも治癒の施しにいらしたマグダリア伯爵夫人が私を一目見て……。

「あら、あなた。ちょっとお待ちになって」

「私……ですか？」

「そう。ちょっとお腹《なか》に手を当てても構わないかしら？」

伯爵夫人さまは私のお腹に優しく手で触れられるとさっきまでの悪寒《おかん》がすーっと引いて、心地よいほどまでになってしまいました。そのあと彼女から告げられた言葉に私は驚きます。

「あなた……お腹に赤ちゃんがいるわ。おめでとう！」

「赤……ちゃん？」

「そう、赤ちゃん。私もね、お腹の中に赤ちゃんがいるの。産まれる頃は一緒かしらね？　お産になれば治癒を中断しないといけないからその前に、と思ったの」

伯爵夫人さまは自身のお腹を撫《な》でられ、うれしそうに微笑《ほほえ》んでいらっしゃったのです。私もハイネによろこんでもらえることを期待したのですが……。

レイを妊娠し、臨月の頃には、彼はほとんど家に帰らなくなってしまったのです。

あとで知ったことなのですが彼には私とは別に婚約者がおり、私は弄ばれていただけでした。

レイが生まれましたがハイネは家に戻らず、なけなしの蓄えもなくなり、生活もままならない中、とある貴族さまが乳母を募集しているとの噂《うわさ》を聞きつけたのです。

それがヴィランス家であり、私はレイを負ぶったままお屋敷《やしき》へ向かいました。


「乳母《ナニー》を募集されているということで参りました」

「少々お待ちください。ただいま旦那さまが来られますので……」

お屋敷の玄関の前にいらっしゃった三十路《みそじ》過ぎくらいの執事さんに声をかけると応接室に通され、彼の言うとおりにしばらく待っていると痩せ型で目つきの鋭い男性が部屋にいらっしゃいました。

身形《みなり》から考えて、こちらの男性がヴィランス公爵ワルドさまでしょう。ワルドさまは私を一瞥《いちべつ》すると興味なさそうにひとことだけ告げました。

「詳しいことはメイドに聞け」

不思議に思ったのですが、ご嫡子がお生まれになったというのにワルドさまはあまりうれしそうにはされてません。多くの貴族の皆さまは嫡子が生まれたら、盛大なお祝いを何日もするというのに……。

もしかしたら、内に想《おも》いを秘める方なのかも、と思ったのでした。

メイドさんにレイへお乳を与えているところを見てもらうとヴィランス公爵夫人さまへのお目通りが叶《かな》います。

寝室への入室が許可されると、まるで絵本に出てくるお姫さまが眠るような豪奢《ごうしゃ》なベッドの真ん中に病的なまでに色白の美しい女性が横になられていました。

その傍《かたわ》らにはかわいらしい赤ちゃんが布に包まれ、すやすやと眠っていたのです。

お互いの紹介が終わるとダリアさまが赤ちゃんを愛《いと》おしそうに撫でながら、仰《おっしゃ》いました。

「メイナさん……この子はノルドと言います。私の代わりによろしくお願いします」

「はい！」

私が返事をするとダリアさまは目に涙を浮かべつつも、どこか安心したように微笑み、ノルドさまを私に託されました。

そのあとにワルドさまがいらして……。

「ダリア、無理はするな。まだ調子が戻っていないのだろう？」

「ええ……でもメイナさんにノルドを……」

「私はおまえの方が大事だ」

見る者を射貫《いぬ》くような鋭い瞳を持つワルドさまがダリアさまを見つめる眼差《まなざ》しは冬の日に差す小春日和の太陽のように優しい物でした。どうやらワルドさまの奥さまであるダリアさまはお身体《からだ》が元々強くなく、またおっぱいの出も悪くて私に白羽の矢が立ったのでした。


――――二年の月日が経った頃でしょうか。住み込みで働かせて頂き、実家やハイネの家での暮らしとは雲泥《うんでい》の差《さ》に驚いてばかりで、ヴィランス家の皆さまからとても良い扱いを受けておりました。

お乳はまだ出ているものの、もう乳母としての役割も終わり……。

雇い止めされるのも時間の問題でこれからレイを抱えたままどうやって生きていけば、と考えていたときでした。奥さまから呼び出され、ついにこのときが来たかと戦々恐々としていると、私の背中というより足の後ろに隠れていたノルドさまを見た奥さまは私に告げました。

「メイナさん、ノルドはあなたのことが気に入っているようですね。このまま家で働いていただけませんか?」

「奥さま！　もちろんです、私なんかでよろしければ……」

「良かったな、メイナ」

「ありがとうございます、奥さま、ノルドさま」


それから更に三年の月日が経った頃でした。ノルドさまが慌てて私の部屋をノックしたかと思ったら、入ってきてひとこと。

「メイナ！　知ってるか？　もうすぐ俺に兄弟ができるんだぞ」

「はい！　ダリアさまからお聞きしております」

「そ、そうか……それならいいんだ。ところでメイナには兄弟がいるのか？　兄弟ってどうなんだ？」

「ええ、二人おりますが……」

父親が違います……。そう言おうと思ったのですが下賤《げせん》な者の話をノルドさまにお話しするのが憚《はばか》られて口を噤《つぐ》んでしまいました。ですが興味津々《きょうみしんしん》といったご様子のノルドさまを見ていると本当の気持ちを伝えたくなって……。

「いいものですよ、兄弟がいるというのは」

「そうか、楽しみにしている」

ついにお産となり、アッカーセンでも著名な回復術師が招かれたようでしたが、最高峰の回復術を持つマグダリア伯爵夫人さまほどではありませんでした。

「うーっ、うーっ」

ワルドさまがダリアさまの手を握り、ひたすら励ましていらっしゃいましたが、回復術師からダリアさまの容体が良くないことが報告されたのです。

「面会謝絶だ！　ノルド、おまえはあっちに行っていろ」

追い出されるようにダリアさまの寝室から出るときに、いつも強気なノルドさまがぽそりと呟《つぶや》いたひとことに胸が締め付けられました。

「母上……」

父親だけでなく母親とも一緒に過ごせない寂しさがそこにはいっぱい詰まっていたのだから。

ダリアさまはマリアンヌさまをお産みになったあと、ワルドさまの差配により静養のため保養地へ移られたとのことでした。

「こいつはダリアから貴様に任すようお願いされた」

ワルドさまは愛情の欠片《かけら》も見せず、ポンと物のように私に赤ちゃんを渡されたのです。

「ですが……私には……」

「仕草だけでいい。そいつが死んだら、それまでのこと」

ダリアさまからマリアンヌさまを託された私でしたが、レイを産んだときとは違い母乳なんて出るはずがなかったのです。

他に乳母を雇うとなれば私の役目は終わりです。

実家に戻ることもできず、また夫にも顧みられず誰もいない家でレイと過ごすことに……。

「ふにゅ、ふにゅ、う、う、う、おぎゃぁぁあっ、おぎゃぁぁぁ――――っ」

ワルドさまはマリアンヌさまが泣き出されるとそのまま部屋を去ってしまったのです。

ダリアさま、マリアンヌさま、ごめんなさい……。

私にはマリアンヌさまを慰めることができないのです。

マリアンヌさまは眠りから覚めたとき、母であるダリアさまがいないことに気づいたのか、火がついたように泣き出されてしまったのです。

そうなると家中で彼女の号泣を止められる者は誰もおりません。マリアンヌさまが求めていらっしゃるのはノルドさまとレイを育てた経験から母乳だということはすぐに分かりました。

でも私にはもうお乳は……。

「メイナでもなんとかできないのか……」

せっかくの妹ができたというのにがっくりと肩を落とされるノルドさま。

そのときでした。

マリアンヌさまの泣き声を聞いていると乳房に張りを感じたのです。まさかと思い乳房に触れてみるといつもとは違うような気がします。

ブラを外して内側に触れてみると僅かに湿り気が……。

でも母乳のように白い液体ではありません。焦《あせ》りを感じて出た、ただの汗だったのかもしれません。私がマリアンヌさまを抱えると、彼女は私の乳房を刺激するように小さな小さな手で押してきたのです。

マリアンヌさまは目も開いていないのに私の乳首に吸い付きました。それは生きたいという本能の為《な》せる業なのでしょう。

私もできることなら、マリアンヌさまの求めに応えたい。

マリアンヌさまがあむあむと私の乳首を唇と舌を巧みに使い、吸われます。

「あんっ、マリアンヌさまぁ……」

さすがノルドさまの妹君……吸われたことで変な声を上げてしまい、出ないはずの母乳が出てきたような気分になってしまいました。

私の肌を舐《な》めることでマリアンヌさまが泣《な》き止《や》んでくださるなら私は本望と思ったときです。

「うそ……」

頬をすぼませるマリアンヌさまの口角の端から白いよだれが垂れていたのです。

「メイナ！　おっぱいが……」

固唾を呑《の》んで見守っていたノルドさまがマリアンヌさまの口元に人差し指で触れ、そのまま口に運び確認されました。私にも掬《すく》った指を運んできて下さったので舐めると……。

「は、はい……間違いありません。母乳です……」

雌猫が見捨てられた子猫に母乳を与え育てたなんて話は聞きますが、まさか私にもそんなことが起こるなんて……。

私はこの奇跡に、ただヴィランス家の皆さまに感謝の祈りを捧《ささ》げたいと思ったのでした。

ダリアさまに代わり、お二人に授乳ができることをしあわせに感じると同時にご自身の手で育てたいというダリアさまに申し訳ないという気持ちでいっぱいになっていたときです。

「メイナに客が来てるらしい」

「私にお客さまが？」

ノルドさまが腕組みして神妙な面持ちでいたので、まさかハイネが私を連れ戻しに来たのかと思ったら……。

「メイナ、大丈夫。俺がついてる」

私の身体の震えを悟ったノルドさまは手を握り、励ましてくれたのです。ノルドさまはまだ五歳だというのに、それがどれほど心強かったことでしょうか。

大人の私が子どもの前で震えていては情けない、そう思い、震える足を踏み出したのでした。

ノルドさまと共に応接室の前まで来ると、お仕事仲間のメイド長のルクスさんたちが噂話《うわさばなし》をされていたのです。

「マルク男爵の嫡男夫婦が領地を視察中に突如出現したモンスターの群れに襲われ、乗っていた馬車が崖から転落、それで親子共々死んでしまったらしい」

お二人のお話によるとお客さまはマルク男爵さまのようなのですが、私に用があるというのがまったく分かりませんでした。

まさかお買い物中だったときに私を品定めされ、娼婦《しょうふ》代わりにご自宅へ招かれるんじゃ……。

貴族さまの夜のお相手なら今より良《い》い暮らしができるのかもしれませんが、私はノルドさま、マリアンヌさまと離れたくありません。

そんなお話ならお断りしようとドアを開けたときでした。

「お母さん⁉」

「久しぶりね、メイナ！」

「お姉ちゃん、久しぶり～」

「おねえたん、こんにちは」

そこには貴族の衣装を身にまとった母と妹たちの姿があったのです。その隣には髪が白く優しそうな壮年の男性が座っていました。ハイネとの結婚がほぼ破綻したあと、ヴィランス家にお世話になり、充分給金を頂けるようになって仕送りをしていたのですが、断られて以来会っていなかったのです。

はっ⁉

私はそのとき気づいたのです。

一家まとめて娼婦にしようとされていると！

なんて破廉恥な……。

息子夫婦が亡《な》くなられたのをいいことに妹たちまで巻き込んで酒池肉林の親子姉妹丼を味わおうなど許せませんでした。

「母は仕方ないにしても、妹たちには手を出させません！　夜のお相手をお探しなら私が受けて立ちますから！　そ、その……授乳プレイなら得意ですっ！」

優しそうに見える方が一番危ないんです。そう思い、壮年の貴族さまに言い放っていました。

「メイナさん、いやメイナ。私はそんなことしないよ。キミを娘として迎えに来たんだ」

「娘？」

そういえば、ノルドさまが仰《おっしゃ》っていました、異国ではお父さまにご奉仕してお金を貰《もら》うパパ活なる行為が流行《はや》っていると……。そんな口に出せないような行為を私としたいだなんて！

「義理の娘として引き取り、あんなことやこんなことのいけないことを教え込むつもりですね！」

私が立ち上がり、マルク男爵さまにビシッと言い放つと母は困ったような顔をして、私を宥《なだ》めに掛かります。

「メイナ……落ち着いて聞いて。今までずっと黙っていたんだけどね、あなたはこちらにいらっしゃるスレイン・マルク男爵さまの娘なのよ」

母はお客からもらってきた病気で頭がおかしくなったんじゃないかと思ったときでした。

「ユイナの言っていることは本当だよ。妻を失い、寂しくて堪《たま》らなくなった頃にユイナと出会い、愛し合ったんだ。それでキミが産まれた。だけど認知しようにも息子たちが許してくれなくてね……。いままで迎えに来られなくて申し訳なかった」

ずっと父親の分からない私生児だと思っていたのに、まさかまさか貴族さまが私の父親だったなんて……。

気づくと手で口を押さえ、言葉が出せないでいると、スレインさまは私が落ち着くまで待ってくださり、ゆっくりと語りかけてくれたのです。

「キミを娘として迎え、またキミの子どもであるレイにマルク家を継がせたいんだが、構わないだろうか？　私たちと一緒に暮らそう、メイナ」

母だけでなく、父親が違う妹たちまで引き取られていることからもスレインさまがお優しいことはすぐに分かりました。

でも……。

「レイを跡継ぎにして頂くことに関してはまったく異論はございません。むしろ感謝しか……ですが私を娘として迎えることはお断りいたします」

「どうしてなんだい？　もう辛《つら》く大変な想《おも》いはしなくていいんだよ」

「私はヴィランス公爵夫人ダリアさまからノルドさまとマリアンヌさまを託されました。大恩のあるヴィランス家のお仕事を途中で投げ出すわけにはいかないのです」

母たちと協議を重ねるスレインさま。

「決意は固そうだね。じゃあ、無理強いはしないよ。だけどお休みのときは家に顔を見せに来て欲しい。キミは私の娘なんだから」

「ありがとうございます……」

お父さん……と呼ぼうとしたのですが、言ってよいものか迷ってしまい結局言えず仕舞いでした。


――――それから一週間も経《た》たない内に問題が起こりました。

「メイナ、いま外に出ちゃだめよ」

メイド長のルクスさんがお買い物に出かけようとした私を呼び止めました。

「今日は外回りのお仕事は私たちに任せて、あなたはマリアンヌさまのお世話をお願い」

「は、はい……でもどうして？」

「理由は聞かない方がいいわ」

頑《かたく》なに私を外に出そうとされないルクスさん。私はそれが逆に気になって、お屋敷《やしき》の窓の外を見ると見覚えのある顔の男性が執事のグラハムさんに詰め寄っていました。

「おれの息子を返せっ‼」

ハイネです。

彼の声は窓を開けていなくても響いてきましたがグラハムさんはどこ吹く風といった様子でした。

そこへノルドさまが何食わぬ顔でやってきたのです。私はどうしてもノルドさまが心配になりお屋敷の裏口から出て二人の応酬を物陰から見ておりました。

「メイナは俺の妹の授乳中だ。彼女に用があるなら俺が聞こう」

「何者だ、てめえ？」

「口の聞き方のなってない下層民か……。まあいい、俺はノルド・ヴィランス。当主の息子だ」

「公爵のガキだかなんだか知らねえが、メイナはおれの妻だ！　自分の妻を連れ帰ってなにが悪い！」

「ほう？　家庭を全く顧みることもなく、その上さらに浮気《うわき》までしているというのにメイナとレイを引き取りたいと言うのか……」

「うるせえ！　あいつらは俺のもんだ！　部外者が口を挟むんじゃねえ！」

ハイネが来た理由はすぐに分かりました。私がマルク男爵の娘であることを聞きつけ、レイを出汁《だし》に男爵家の財産を狙っているのだと！

「メイナから聞いた話では貴様は元傭兵《ようへい》らしいな。ならばここは決闘で決めようではないか」

「貴族さまよぉ！　あんたらはすぐに魔法を使うよな？　それって卑怯《ひきょう》じゃねえか？　ここは正々堂々、魔法なしで戦うっていうのが真っ当な勝負ってもんだろ」

「魔導か……なら剣のみで戦ってやる。それで俺が勝ったら文句はなしだ」

いくら何事にも秀《ひい》でた才能をお持ちのノルドさまでも無茶過ぎます。私はルクスさんたちから止められていたにも拘《かか》わらず、慌てて二人の前に姿を見せました。

「ノルドさま、いけません！　私のためにそんな……」

「メイナっ！　おまえは黙ってろ！　これはおれとそこのガキとの決闘なんだよ」

「貴様こそ、その臭い口を閉じろ」

ハイネが私を怒鳴ってきたのですが、ノルドさまが彼をひと睨《にら》みすると黙ってしまいました。僅か五歳なのに……なんという威圧感なのでしょう。ですがノルドさまはすぐさまいつものお優しい声で私に語りかけてくれました。

「メイナ、勘違いするな。こいつは俺を見下したんだ。魔導が使えぬ貴族は無能だとな。だからこれはただの無礼な者を分からすだけの制裁だ」

それはただの方便で本当は私のためであることは明白です。

「魔導は使わない。剣だけで貴様の相手をしてやろう。なんなら手加減してやっても構わんぞ」

「くっそガキがぁぁ‼　大人を舐《な》めんじゃねえぞ！」

いくら天才的才能を持ったノルドさまとはいえ、大人相手に……しかもハイネは腐っても元傭兵です。にも拘わらず、グラハムさんは淡々とノルドさまとハイネにお稽古で使う木製の剣を配られていました。

「グラハム、始めの合図は貴様に任す」

「畏《かしこ》まりました」

私は手を組み合わせ、祈るような気持ちでどうかノルドさまがお怪我《けが》されないように、と願うばかりです。

「始めっ！」

グラハムさんの合図が掛かった途端ハイネは猛烈な勢いでノルドさまに打ちかかります。

子どものノルドさまにまったく遠慮なく……。

　分別のある大人なら手加減してもおかしくないのに……。

　ノルドさまは表情を一切変えることなく、ハイネの放った頭への一撃を剣で防ぐような仕草をすることなく、ただサッと太刀筋を見極め身体《からだ》を開いて避《よ》けています。それと同時に木製の剣の先を喉元に突きつけていました。

「勝者、ノルドさま！」

　明らかにノルドさまの勝利なのにハイネは納得がいっておらず、彼は右手で柄《つか》を、左手で剣先を持ち剣身を膝に当ててへし折ってしまいました。

「しゃらくせえ！　こんなおもちゃみてえな木でできた剣でおれに勝ったくれえでいい気になんなよ！」

　ハイネは怒り腰に下げていた真剣を抜いて、鋭く尖《とが》った剣の先をノルドさまに突きつけていたのです。

「びびっちまって声も出ねえのかよ！　やっぱお子さま……」

　ノルドさまはハイネにまったく怯《ひる》むことなく、グラハムさんに持ってこさせた剣の鞘《さや》をぽんぽんと軽く叩《たた》いて感触を確かめているようでした。

「俺はこれで戦ってやる。いつでも好きなときに攻めてこい」

ノルドさまはマインゴーシュという短剣を構えたのです。確か長剣と組み合わせて両手で使うもののはず……。なのにノルドさまはマインゴーシュだけなのです。

屁理屈《へりくつ》を並べて降参しないハイネでしたが、ノルドさまはハイネの剣をマインゴーシュで受け流したかと思ったら、素早く彼の後ろを取っていたのです。

「貴様の汚いケツの分かれ目を縦だけじゃなく、横にも増やしてやれるぞ。そうすれば男からもモテていいじゃないか」

「ひっ⁉」

「ふん、何度やっても結果は同じみたいだな」

「馬鹿な！　こんなガキに……しかも魔法を使わずに倒されるなんて……」

「メイナと縒《よ》りを戻し、貴族の婿養子になろうとでも企《たくら》んだか……。だがな、貴様のように子どもにすら負ける弱い者が貴族になろうなど百年早い」

なぜ、危険を冒してまでハイネにハンデを与えるような真似《まね》をされたのか不思議でしたが、ノルドさまはハイネに貴族の厳しさを身をもって分からせたのです。

「こいつを実家に送り届けてやれ。そのときしっかりと送迎代金を徴収することを忘れるなよ」

ノルドさまはグラハムさんに命じ、ハイネの実家へと馬車を走らせていったのです。手《て》枷《かせ》、足枷をはめられたハイネは借りてきた猫のように小さくなって震えていました。

それからしばらくして戻ってきたグラハムさんから袋を受け取ったノルドさまはそのまま私に袋を渡されました。

「メイナ、少しばかりだがこいつは慰謝料だ。苦労させられた分、好きに使ってやれ」

「ノルドさま……」

片手で無造作ながら差し出された手。ノルドさまは照れからくる仕草で態度が不遜と取られてしまうことが多くあるけど、本当はお優しいことは乳母である私が知っています。

そのお気持ちを受け取っただけで私は感情を抑えきれなくなっていたのです。

受け取ったお金にぽたりぽたりと落ちる涙を見たノルドさまは珍しく慌てた表情を見せました。

「なんだ⁉　やはりその程度では不満だったか……では家も土地も召し上げてきてやるか！」

「違います……うれしいんです。ノルドさまが私なんかのために動いてくださって」

「俺はメイナの母乳を飲んで育ったのだ。それくらい当然だ」

——現在。

数年前の話をするとノルドさまは照れくさそうにしながら、話をすぐに切り上げようとされます。

「小さかったからか、あまり記憶が鮮明でないな。俺はただメイナの雇い主として、当然のことをしたまで。気にすることもなかろう」

お与え下さった大恩を気に留めることもなく、淡々と過ごされるそのお姿……。

恋という物を知らなかった私。

私はハイネの呪縛から解き放ってくださった五歳のノルドさまに恋心を抱き、いまもまだその熱は冷めるどころか、溶けそうなほど我が身を焦がしているのです。

——【ノルド目線】

「ノルドさま……いけない私をお許しください……いつしか私はノルドさまのことを好きになっておりました。親子ではなく、女として……」

「えっ⁉」

俺が驚いたときにはメイナさんは仕事用の髪型であるポニーテールを解《ほど》いていた。するとどうだろう、ふわっと彼女の髪の良《い》い香りが漂い、俺の理性を揺さぶってくる。

目を閉じて、俺の答えを待ち望んでいるようだった。

ごくり。

これって、やっぱり……。

他人であるのに俺にまるで実の子のように無償の愛を注いでくれたメイナさんが目を閉じ、俺を待っている。

メイナさんは自身が年増だと強調していたが、全然そんなことない！　あくまで転生した俺と比べての話で転生前の俺より一回り以上若いのだ。

手を伸ばし、メイナさんの頰に触れると弾《はじ》けるような瑞々《みずみず》しさと俺の指に吸いつくような柔らかさが同居していた。

「ノルドさま……ご遠慮はいりません。このメイナをお好きなようにお扱いください」

精神年齢が大人でも初めては緊張してしまう。

俺の指の動きから動揺を悟られたのか、声をかけられた。

前世じゃアラサー童貞魔法使いだった俺が暗黒騎士という魔導にも秀でたキャラに転生したのはそんな繫《つな》がりもあるんじゃないかと、なんとなく思えてくる。

結局ノルドは自身で持て余すほどの強さがありながら、誰もしあわせにすることができなかった。

俺はほん小さな枠組みのなかだけでもしあわせになりたい、メイナさんとマリィという本当の家族だけでも構わないから……。

その決意表明として……。

思わず触れたくなるような朱《あか》みを帯びた唇へと口づけする。

いままで育ての母のような存在であったメイナさんに初めてキスしたことで、罪悪感よりも背徳感が勝り、前世を含めてもこれほど興奮を覚えたことはなかった。

ゆっくりとまぶたを開くとメイナさんと目が合う。

彼女は顔を紅潮させ、うれし恥ずかしといった表情を浮かべていたが、たぶん俺も同じように顔を赤くしていると思う。

「ノルドさま、うれしいです。こんな私に熱い口づけをしてくださるなんて」

「メイナ、卑下することはない。おまえは俺にとって魅力的すぎる。もう一度キスしてもいいか?」

「私の唇を好いていただけて、うれしいです」

チュッ、チュッ、チュッ、チュッ、チュチュッ。

俺は親が小さな子どもの頬へちゅ～するようにメイナさんの唇に何度もキスを落とした。

んんっ⁉

するとメイナさんはふふっと微笑《ほほえ》み、俺の後頭部を抱え、まるで童貞の俺にお手本を見せるかのように唇同士が触れ合ったまま、口を開き、舌を入れてくる。

彼女の舌に愛撫《あいぶ》され、脳みそまで蕩《とろ》けそう。

キスしながら、二人いっしょにベッドに倒れ込んだが、さすが公爵家のベッドだけあり、俺たちの身体をふわふわと包み込んでくれていた。

「ノルドさま……気負ってはいけませんよ。最初はじゃれ合うような感じでよいのです」

「あ、ああ……」

彼女の言葉で思い出されるのが寒い冬の夜のことだった。

『メイナ！　俺といっしょに寝ろ』

『はい、ノルドさま』

生意気にも命令口調だったのにメイナさんは嫌な顔をいっさいせずに笑顔で答えてくれた。ノルドになって、まだいまよりずっと幼かったときにメイナさんは同衾《どうきん》してくれて俺を温めてくれたのだ。

そのときと同じように彼女の足に俺の足を絡《から》めていた。違うのは俺が思春期を迎えていて、お互いに感じやすいところをこすり合わせていることだろう。

いつも俺が汗を拭かれるときにメイナさんたちにされているようにメイナさんの首筋を舐《な》めると、

「ノ、ノルドさまぁぁぁんっ！　くすぐったい♡」

甘い吐息が漏れ出て、豆腐屋のオヤジじゃないが俺の胸の高鳴りは一万一千回転まできっちり回ってしまっていた。

髪とうなじから漂うメイナさんの良い香りと彼女の喘《あえ》ぐ声は、俺をただの坊やから雄へと変える。

たわわに実ったまさに乳袋と呼ぶに相応《ふさわ》しいメイナさんのメイド服を震える手で強引にずり下げるとぼろんと袋からメロンが弾けるように出てきてしまう。

おっぱいがいっぱい……。

二つしかない乳房だったが、興奮しすぎて頭が猿以下の思考力となってしまっていた。

はちきれんばかりの胸元から直《じか》搾りを始めた俺。

メイナさんがあまり焦《じ》らさないで、と言わんばかりの表情を見せてくる。前戯もほどほどに、これから俺は二人の愛情を確かめ合うのだ。

緊張からか声が上擦る。

「はい……いつでもいらしてください」

メイナさんは俺を求めるように下から両腕を伸ばして、迎えいれてくれる。

「メ、メイナ、いくぞ」


俺とメイナさんはひとつになった。


目を覚ますと俺の隣にはしあわせそうに眠るメイナさんの横顔があった。

俺にかぶさっていた寝具を払い、メイナさんを起こさないようベッドからそろりと出ると全裸だった。

バルコニーの窓からはゆっくりと陽《ひ》の光が照らし、真っ暗だった世界は赤みを帯びながら明るくなってゆく。

俺は勇者学院に入学をまえに卒業を迎えてしまった……。

前世でも叶《かな》わなかった女の子とのえっち！

全裸で昇ってくる朝日を浴びながら、じわじわとこみ上げてくる感動に打ち震えていると、メイナさんが目を覚ましたようで、寝具にくるまったまま俺に呼びかけてきていた。

「ああ……ノルドさまに抱かれ、メイナは本当に幸せ者です。こんなにも愛《いと》しい人から愛

されるのが気持ちいいだなんて、知りませんでした。ノルドさまと婚約されるご令嬢にちょっと嫉妬しちゃいます」

ふふっ、と笑みを漏らす姿は十代の美少女となんら変わらない。

俺は朝日をバックにして、メイナさんに言い放つ。

「俺がメイナを何度も愛してやる。感謝しろ」

「ありがとうございます」

「あとさまは止《や》めろ」

「は、はい?」

「俺とメイナは今は恋人同士。名前で呼び合うほうがもっと気持ちよくなれる」

「はいっ!」

彼女にキスを落とすと二人とも火が付いて、人妻だったメイナさんの肌をむさぼっていた。

「ら、らめぇぇ……」

メイナさんの嬌声《きょうせい》を聞くだけでレッドゾーンまで回したエンジンが萎えたはずなのに、また激しくピストン運動ができる準備が整ってしまう。

このあといっぱいえっちした！

途中メイナさんにSっ気の強いメイドになってもらったりして楽しんだのだが、彼女に疲れの色が見えたので、休憩を取る。

俺の腕枕で横になっているメイナさんはお願いをしてきた。

「ノルドさま、もう勇者学院へ入学しないなんて、わがまま仰《おっしゃ》いませんよね？」

「あ、ああ……」

俺を横から愛おしそうに抱きしめ、彼女の全身全霊の愛のまえに絆《ほだ》されてしまう……。

その言葉に安心したのか、すーっすーっと穏やかな寝息を立てメイナさんは眠ってしまう。しあわせそうに眠るメイナさんを見て、俺はより生への執着を強めた。

俺はワルドからの命令を突っぱねるつもりだったが、乳母であるメイナさんから頼まれると断ることができずに渋々勇者学院の入学試験へと出発していた。

第4章 【悲報】俺の好感度が下がらない！

「ノルドさま、到着いたしました」

「ああ」

馬車で最高位貴族専用の校門から入り、執事に促され降車し、俺の新たな学《まな》び舎《や》の廊下を歩いていると、

「ノルドさま、申し訳ありません。当学院は裏口入学対策のため、仮面を着用しての試験はお断りさせていただいております」

はぁ……。

ため息しか出ねえ。

エリーゼに身バレしないよう鉄仮面をかぶったまま入学しようとしたら、緑の髪色で癖っ毛の女性から呼び止められた。

「リリアンじゃないか、久しいな」

呼び止めたのは勇者学院の学院長リリアンで、俺の肩を後ろからしっかりと摑《つか》んでいる。

「そもそもちゃんと俺だと分かってるじゃないか。では別室で受けさせろ」

「それもご遠慮させていただいております。当学院は公明正大をモットーとしておりますので」

アラサーの元女勇者のリリアンはキリッと澄ました顔で言ってのけるが、現役の頃は男漁《あさ》りが過ぎて、勇者学院の学院長などというお堅い現場に押し込まれた形だ。

「もっとガバガバかと思ったら、変にしっかりしてやがる……」

「なにか仰《おっしゃ》いましたか？」

「いやなにも」

まあいい。

たとえ身バレしても、そのためにグラハムという保険を用意しておいたのだから、大丈夫だろう。俺の予想ではエリーゼとケインはよろしくやってるはずだ！

作中では自分に甘く、他人に厳しいリリアン……。

そんなことを思っているとノルドは融通の利《き》かないリリアンに釘《くぎ》を刺してしまう。

「そうだ、ひとこと言っておいてやろう。リリアン、昔に比べて小言が増えたな」

「なっ⁉」

俺の指摘にリリアンは口を開けて、あ然としたかと思えば、眉間に皺《しわ》を寄せながら言い返してくる。

「だ、誰がＢＢＡになったですって⁉」

「俺は小言が増えたと言っただけだ。もしかして、その自覚でもあるのかな？」

「あなたがヴィランス公爵の令息じゃなきゃ、退学させてやるんだから！」

「是非ともそうしてもらいたいものだ！」

「えっ⁉」

俺から思ってもみない言葉が出たことにリリアンは驚いていたが、さらに彼女を驚かせてみる。

ほいっ。

俺は鉄仮面に施した封呪を解除し、外した鉄仮面をリリアンにボールを投げるように渡した。

「お、重いぃぃぃぃ――――――――っ！」

「ヴィランス家の宝具だ。丁重に扱えよ、リリアン学院長。外せと言ったのはおまえだからな、くくく」

「お、覚えてなさいよ、ノルドォォォォ！」

リリアンは四股を踏むまえのような姿勢で鉄仮面を抱えて、必死になっていた。短期的にだが俺の教育係も務めていた彼女と別れて、エリーゼたちを捜す。

いたっ！

【気配遮断《ブリージングシャドウ》】を使い壁に身を隠しながら、中流貴族用の校門まえにいるとマグダリア伯爵家の馬車が到着した。

しかし様子がおかしい……。

ケインは御者と共に外の御者席に座っていたのだ。ゲーム内でエリーゼとケインは、客車《キャビン》におり、いちゃつきながらバカップルっぽく降りてくるはずなのに……。

「エリーゼさま、到着いたしました」

ん？　どういうことだ⁉

ケインが降りて客車のドアを開き、エリーゼをエスコートしようとしたのだが、

彼女はケインの差し出した手を取らずに馬車を降りてしまう。仲の良かった恋人が長く

「ごめんなさい、お手は必要ありません」

付き合い、倦怠期《けんたいき》を迎えたような距離の取り方をしている。

い、いや、まだ決めつけるのは早い。たまたま直前に喧嘩《けんか》してしまったという線もあり得るからな。

俺が訝《いぶか》しみながら二人を見ていると、馬車のステップを踏んだエリーゼと目が合ってしまう。

いや気配を遮断しているから、問題ないと思った瞬間のことだった。

　エリーゼはケインが呆気《あっけ》に取《と》られてしまうほど、勢いよく俺の下へ走り寄ってきて、抱きついてしまう。

「お、おい！」

「こちらにいらっしゃるということはやはりあなたさまがホンモノのケインさまだったのですね。もう二度とお会いできないかと思っておりました」

「俺はケインなどという名ではない！」

「いいえ、あなたさまはケインさまです。私の心がそう伝えてきます。あえて悪ぶっているような口ぶり……隠そうとしても溢《あふ》れ出《で》る気品、自信に満《み》ち溢れた強さ……ああ……、愛しのホンモノのケインさまぁ……」

「何度も言わせるな。俺はケインなどではない！　ノルド・ヴィランスだ」

　ホンモノのケインは俺たちのやり取りを見てしまい、白目を剝《む》いて、もうひと押しすれば魂が肉体から抜け出てしまいそう。そんなケインに一瞥《いちべつ》もくれず、エリーゼはマイペースで俺に言い寄ってきていた。

「では……やはりノルドさまが私の恩人さまで間違いなかったのですね。お屋敷《やしき》を訪れた際、鉄仮面をかぶることで恩着せがましい真似《まね》をされたくなかったのですね。よ～く分かります、そのお優しくて気高いお気持ち」

いや全っ然分かってねえよ‼

単におめーにバレたくなかったんだよ、俺は。

俺がエリーゼに突っ込もうとしたそのときだった。彼女はキッとケインを睨《にら》みつけるとケインは肩をびくつかせ、たじろいだ。まるで『ザコとは違うのだよ、ザコとは』と言いたげなケインを蔑んだ視線だ。

青い奴《やつ》でもあんまり変わんないと思うぞ、エリーゼ。俺はせめて、量産型でも太ましいホバークラフト付きでありたいと思う。

どうでもいいことを思っていると、彼女はさっきよりもより強く俺に抱きつきながら、気持ちを打ち明けてきていた。

「もうお会いすることができないかと諦めそうになったときもありました。でもあの優しい眼差《まなざ》しがどうしても忘れられなかったのです」

優しい眼差し？

ああ、エリーゼのしつこさに苦笑いして、目を細めたのがそう見えただけだろ……。

なんという温度差なんだろう。

エリーゼは推しの出待ちをしていて、ちょうど推しが出てきたみたいに手を組んで祈るような仕草をしている。

「ノルドさまの学友として、三年間ごいっしょに過ごせる……私はなんとしあわせなのでしょうか」

「しあわせ？　違うな、エリーゼよ！　最初に言っておく。俺に近づけば、おまえも俺も不幸になる。だからこれ以上接近するんじゃない！　それにまだ試験が終わっていない」

くそう、こっちの事情も知らないでエリーゼの奴、ぐいぐい食いついてくる。

「ノルドさまが一番で通らないわけがございません！　私は信じていますから」

「見ず知らずの人間を信じれば、ひどい目に遭うぞ。それこそ俺に乙女の貞操を奪われるなどだ！」

抱きついていたエリーゼを突き放しながら、言い放ったのだが、彼女の表情はきょとんとして円《つぶ》らな瞳で俺を捉えている。

「ノルドさまに私の貞操が奪われる？」

「そうだ！　控え目に言って、俺の女癖は最悪だ。おまえもその餌食《えじき》にしてやる」

顎クイしながら、見目の麗《うるわ》しいエリーゼをまるで品定めするように、舐《な》めまわすように見て、彼女を脅すと、

「私をそのように見られているのですね。ううっ……悲しいです……」

エリーゼは立ち尽くして、まぶたに涙を浮かべ泣いてしまうが、これで彼女の俺に対する意味不明なくらいの好感度は完全に消えたと思い立ち去ろうとする。

だが……。

キュン♡

「その程度のことで私の愛が揺らいでしまうと思われてしまうなんて」

「へ？」

俺は後ろから謎の擬音が伝わったような気がして振り返ると、両頬に手を当てくねくねと悶《もだ》えるエリーゼの姿があった。

「ノルドさまに触れられた顎……もうお風呂《ふろ》に入れそうにありません。それにあんな色っぽい目つきで見られてしまうなんて……身体《からだ》が火照《ほて》ってしまって……ど、どうしましょう」

聖女候補筆頭と噂《うわさ》されるエリーゼの瞳はエロゲで発情してしまったヒロインのようにハートマークになって、誰もがキスしたくなるような桜色の美しい唇の端からよだれを垂らしてしまっていた。

これじゃ発情牝《めす》性女じゃん……。

なにやらエリーゼが妄想に浸っている隙に逃げようとしていると、俺の進路を塞ぐように数台の馬車がやってきた。

先頭の馬車はひときわ豪華で、そのなかから羽振りの良さそうな格好をした人が出てきて俺を呼び止めた。

「やはりヴィランス公爵さまのご令息ノルドさまでしたか！」

「誰だ、おまえは？」

「あのときの物乞いにございます！」

あ、思い出した……確かエリーゼを人攫《ひとさら》いから助けるときにボロ布を借り、その代金として金貨を渡した初老の男性だ。

でもなんで？　なんで、いま来ちゃうの⁉

まさかこれが修正力って奴なのか？

妄想から抜け出したエリーゼはなにごとかと俺たちを見ていた。これは非常にマズい……。

冷や汗をかく俺をよそに身なりのよくなった初老の男性は俺に祈るような目で見てきて、成り上がった経緯を語り始めた。

「私は神の啓示とも思えるノルドさまのご助言を基に商売を始めたレンサルという者です」

「商売だと？　なんのだ？」

「はい、服を貸すという商売です。いただいた金貨もあり、これが当たりに当たり、いまや商業ギルドの理事を務めるまでになりました。ノルドさまのご厚意、このボロ布を見ては忘れる日はございませんでした」

そりゃ貸衣装なんて商売ないもんな。そりゃ儲《もう》かってもおかしくない。

って、レンサルと名乗った男は俺がエリーゼを助けた証拠になる品物を出してしまい、彼女はボロ布を指差して、口をパクパクさせている。

「そんな汚いもの、さっさと仕舞え！」

俺はレンサルに慌てて仕舞うよう指示したが、もう遅い！

ぽろっ、ぽろっ……。

レンサルと押し問答をしている最中、ふとエリーゼに視線を移すと彼女の瞳から真珠のように輝く滴がこぼれ落ちていた。

「やはりあなたさまがホンモノの恩人さまだったのですね。やっと……やっと……この日が巡ってきました」

俺にぞわぞわっとした悪寒《おかん》が走る。

【やっと……やっと……この日が巡ってきました】

そうゲーム内でノルドがエリーゼに止《とど》めを刺される際に発した言葉だったからだ。

「お待ちください、ノルドさまに元手の利子をお返ししなければ……と思いご用意いたしました」

俺は余計なことに巻き込まれてしまうと思い立ち去ろうとするのだが、レンサルから呼び止められ、エリーゼから逃れられそうにない。

レンサルは使用人と思われる人たちに命じて馬車から大きな袋を持ってこさせた。

「いっ⁉」

何枚くらいあるんだろう～♪

頭がお花畑になってしまうくらい山のように積まれてゆく袋に開いた口が塞がらなくなる。

「十万枚ございます。どうぞノルドさまにお納めいただきたく思います」

「俺はおまえにそんな施しなどしていない！　早々に持ち帰るんだ！」

俺はレンサルに必死に受け取り拒否する。

一万倍にして返してくるとか、おかしいだろ！

これを受け取ろうものなら、ケインに偽装してエリーゼを助けたということを認めてしまうというもの。

「ノルドさまは本当に謙虚なお方なんですね！　私だけでなく、レンサルさんのお礼をお断りされるなんて！」

「ち、違う、俺は金と女に目がない最低の男なんだ――――っ‼」

エリーゼは益々《ますます》惚《ほ》れたみたいな目で俺を見てきており、レンサルは俺たちを生温かい目で見守っている。

まるで悪ぶってたはずがいい人バレしてしまったような気分だった……。
マ、マズい！
大ヒットSFファンタジー映画の『汝《なんじ》の名は。』ばりにすれ違ってばかりの俺とエリーゼがちゃんと再会を果たしてしまったことで、ケインは両手を頬に当てて、ムンクの『叫び』のように身体が細長くなり悲壮感を表している。

まだだ！　まだ望みはある！

へたれ勇者だが意外と神経が図太いケインが立ち直るまで俺は暫《しば》しの間、待った。

「エリーゼさま、聞いてください。ボクはそこにいるノルドに嵌《は》められたんです！」

すると俺の読み通り立ち直ったケインは、俺を指差して悪事を曝《さら》そうとしてくる。

「まったくこれだから平民は困るな。僻《ひが》み根性《こんじょう》が染み付いて己の怠慢を棚に上げ、すぐに他人の責任にしようとする。そもそも俺が貴様ごときを嵌めてなんの得がある？」

俺はケインを貶《けな》すことで、エリーゼから嫌われるよう仕組んだ。

想像するに……『まあノルドさまっ！　それはあんまりというものです。身分で人を差別するようなあなたのことを見損ないました』と、なるに違いない！

そうエロゲのなかのエリーゼは、ケインを見下したノルドの頰を平手打ちして激しく嫌《けん》悪《お》したのだから。一方のノルドは入学初日に生徒たちのまえで恥をかかされ、彼女に執着するようになった経緯がある。

――ククク……ハハハ、アーハッハッハッハッハッハッハッハッハ――――ッ！

これは完全かつ確実に嫌われたことを確信し、ノルド化しながら高笑いを決めていた。

――ごほっ、ごほっ、ごほっ……。

笑い過ぎて咳《せき》が出てしまい、うずくまっているとエリーゼは俺の頰を叩《たた》くどころか、側により背中をさすってくれている。

まさか……。いやそんなことは……。

俺の懸念《けねん》は見事に的中した。

「ノルドさまの仰《おっしゃ》る通りです！　ケイン！　また、うそばかりついて……。あなたには誠実さというものがないのですか？　今後はノルドさまの爪の垢《あか》でも飲んでください」

ふぁっ⁉

ビシッとケインに向かって人差し指を差し、すでに死に体のケインに低空ドロップキックのような全力の死体蹴りをぶちかますエリーゼ……。

マジで止《や》めてあげて！

ケインに言い放つとエリーゼは俺に「大丈夫ですか？」と眉尻を下げて不安そうな表情で心配してくれていた。

いや俺はエリーゼの思考回路とケインのＳＡＮ値が「大丈夫ですか？」と訊《たず》ねたくて仕方なかった……。

俺よりケインの心配しろよ。

魂が抜け、干物になったケインを捨て置き、エリーゼは手をつないで欲しそうに差し出していたが、俺は見えてない振りをして先を急いだ。

「お待ちになって！　ノルドさまぁぁ――――っ！」

――勇者学院大講堂。

ぶっちゃけ元いた世界の体育館ぐらいの広さの講堂に集まった俺たち勇者候補。

他の生徒は期待と不安混じりの会話をひそひそしており、どこの世界も基本は変わらないようだ。

ただ……。

「ノルドさまとごいっしょに学院に入れるなんて、私、しあわせでなりません」

エリーゼから距離を置こうと何度も席替えしたのに彼女はその都度追いかけてきて、もうこの講堂で結婚式を挙げようと言い出しかねないようなしあわせ顔をしている。

「俺はついてくるな、と言ったはずだが？」

エリーゼにそう返したのだが、彼女は講堂の壇上に立ったリリアンを見て集中しており、俺の言葉に耳を傾ける様子はない。

俺がため息を漏らしたあと、リリアンは声を張り上げてあいさつをする。

「諸君！　アッカーセン王国の誇る王立勇者学院への入学を試みる勇気に敬意を払おう！　だが我が校は精鋭のみを輩出している。精鋭を育むなら精鋭の卵のみが入学できるのだ。いまから入学選抜テストを行う。すぐにここから出ろ！」

講堂に集めた理由え～。

勇者学院の裏庭の荒野のようなところに来るとまるで射撃場のような的が遠くに見えた。

「貴様ら、貴族の子弟かもしれんがここではオレが貴様らの先生だ！　そして貴様らはオレの犬だ！　貴族などという身分は通じんぞ。もし貴族でありたいなら、さっさと逃げ帰り、ママのおっぱいでも吸ってろ！　ここではすべてオレの言うことが正しい！」

俺たちの目の前で仁王立ちする男は士官学校の鬼軍曹ばりのことを言い放った。男の名前はドアンで新入生をいじめにいじめ抜く獄卒みたいな教師で実力を鼻にかけている。

「いまからオレと貴様らの実力の差というモノを見せてやろう」

ノルドもイキリだが、ドアンもかなりのイキリキャラだ……。

ついに始まった魔力測定。

「そこにある水晶玉に手を置いてみろ。そうすれば貴様らの魔力量がすべてお見通しだ！

ちなみにオレは……九十九だ‼」

その程度でイキれるドアンは逆にスゴいよ、マジで……。

「んじゃまあ、おれがやってやるよぉ！」

デスゲームやダンジョンに潜ったりすると真っ先に死んでしまいそうな赤髪の熱血キャラのグレンが水晶玉を摑《つか》んだ。

「ウォォォォー、フルバァァァーストォォ‼」

無情にも測定器が示した魔力量は……、三十。

チーン♪という残念な鐘が鳴ったような音がして、グレンはうなだれてしまう。

「くっくっくっ、この程度の魔力もないのか、今年の勇者学院の生徒も底が知れる。おい、平民！　おまえの実力を見せてみろ！」

なんだと⁉

貴族の子弟を蔑むことに飽きたドアンは標的をケインへと変えた。

ドアンに凄《すご》まれたケインはおどおどしながらも「ボクはエリーゼを……」と何かぶつぶつ独りつぶやきながら水晶玉に手を触れる。

「なんだと⁉　へ、平民の分際で魔力量が百などありえん！」

ケインが叩き出した数値にドアンと周りにいた生徒たちが途端に騒がしくなる。ケインがわざとらしくボクなんかやっちゃいました？　と、したり顔でいる内に、俺は精神を集中させ測定を済まそうとしていた。

ついに！　やってきた俺のスローライフへのスタートライン。

俺はここでケインに負ければいい。

幸いにも順番はケインが先だから俺は奴《やつ》に合わせて、魔力量を調整すればいいだけの、誰にでも簡単にできるお仕事だ。

俺がぽんと水晶玉に手を置くと九十九というなんとも無難な数値を示した。

やった！

調整がスゴく難しかったが、上手《うま》くいったようだ。強すぎず弱すぎず。そう、ただでさえノルドは目立つ行動ばっか取るから、大人しくしてるのがいちばんなんだ。

だがすぐさま俺の作戦成功をあざ笑うかのように横槍《よこやり》が入ってしまう。

「いいえ、ノルドさまの実力はそんなものじゃありません！」

エリーゼが俺の手の甲に手を重ねてきてしまい……、身内以外の女の子に触れられ、俺の魔力制御に狂いが生じて、測定器の数値が目で追えないくらいの速さで跳ね上がってゆく。

「二百だと⁉」

「いえ、まだまだ上昇していきます。千、二千、三千……一万……九万九千九百九十九……」

ドォ――――ン！

ついには測定器が爆発した……。

「やりました！　愛の勝利です‼　私とノルドさまは相性ぴったりですね♡」

エリーゼは俺の手を両手で取り、ぴょんぴょんと飛び跳ね、満面の笑みを浮かべている。

ラブラブ測定器じゃねえよっ‼

――能あるグリフォンは爪を隠すと言うがノルドさまもそうだったのか！

――暗黒騎士パネェ――――‼

――公爵さまのご令息でお強いなんて！

周りの新入生たちが俺への賞賛と感嘆の声を漏らすなか、ちらとケインの顔色を窺《うかが》うとぐぬぬ顔で俺を睨《にら》んでいた……。

エリーゼのおかげで俺のひっそりスローライフ計画はぜんぶまる潰れじゃねえかよ！

これは測定器が最初から壊れてるだけだ！

俺がみんなに弁解しようとすると……、

「くくく……これは測定器が最初から壊れてるだけだ！」

おっ、やっとまともにノルドがしゃべってくれた。

そう俺が安心したのも束《つか》の間《ま》、

「こんな壊れた機械を納入させるとは誰かが商会とでも癒着してるんじゃないか？」

ドアンのほうを向いて、ギロッと彼を睨んだ。するとドアンはビクッと肩を震わせ、その場にいた生徒や保護者に弁解していた。

「オレは測定器の納入には絡《から》んでいない！　本当だ、みんな信じてくれ！」

「くくく、信じるだと？　俺が信じるのは己の強さのみ！　俺の実力はこんなちゃちな物では測れん！　はははははは！　皆の者、俺に平伏《ひれふ》すがいい！」

なんで俺のハードルを上げるんだよ、ノルドの奴はよぉ！

――だよな！　さすがノルドさま！

――ノルドさま、かっこいい……♡

って、なんでみんな平伏してんだよ！

「ま、まあ……魔力量が多いからと言って、実戦における魔導が強いとは限らん！　次は実技だ！」

ドアンはだらだらと汗をかきながら、口を開いた。さすがにあれだけ大口を叩《たた》いておいて、生徒に負けてるんだから、ざまぁとしか言いようがない。

「あー、えーっと古《いにしえ》の世界を焼き尽くした……誰だったっけ？　そうだ、アグニだ！　アグニよ……」

長い……。マジで長い。

俺があれだけ詠唱したら、大陸ごと焼け野原にできそうな気がする……。つかちゃんとスペル覚えとけよな！

ドアンはお経のように長ったらしく詠唱したあと、攻性魔導を放ったが、俺から見たら大したことない上にどこに実戦性があるのか良く分からなかった。

リリアンにドアンは教師に向いてないと提案しておこう。

こうして悪い手本の典型例をたっぷり見せられてしまったあと、ドアンは次の者を指名した。

「ケイン・スォープ！　やってみろ！」

「は、はいぃぃぃっ！」

ケインの奴……完全にお上りさん状態じゃねえか、マジで大丈夫なんだろうな。

「焔《ほのお》の精霊よ、我は汝《なんじ》らの力を欲《ほっ》する。我の願いに応えてくれるならば約束しよう、汝らを生涯奉……」

俺の心配を余所《よそ》にケインがドアンのようにスペルを間違うことなく詠唱し終えようとするとドアンはすかさず邪魔を入れる。

「おいおい、ケイン……それでは実戦では役に立たんぞぉ。もっと速く詠唱せんとなぁ！　やはり平民では無理なのかぁ？」

おまいう!?

「あ、はいぃぃ、い、いますぐにやりますからっ」

ここで一発どでかいのをぶちかまして、エリーゼを惚《ほ》れ直させろ！

俺はすでにケイン応援ニキとなり、固唾を呑んで彼の魔導を見守っていた。

ゲームじゃ、ここでケインが魔力暴走気味の【焔球《ファイアボール》】を放って、みんなを驚かすんだよな。

ケインの手のひらに集まってきた眩《まばゆ》いばかりの閃光《せんこう》がついに的に向かって放たれる！

【焔球‼】

ピョッ……。

あろうことかケインの放った初歩の初歩たる魔導は、まるで化学の実験でやる試験管に溜《た》めた水素のように一瞬だけ辺りを照らしたのみ。

その場にいた一堂があ然としたあと、平民のお手並み拝見といった期待は一気に嘲笑へ変わってしまった。

――なんだ、ありゃ……。

――屁《へ》にも劣るぜ！

――さすが平民！

――雑魚《ざこ》さが知れる！

盛大に失敗してしまったケインに心ないヤジが飛んでくるが、エリーゼの優しい性格ならケインを擁護してくれるはずだ！

「……」

エリーゼはケインを見ておらず、俺にだけ熱い視線を送っていた……。

期待した俺がバカだったのか？

俺の両親は来てはいないが、温室育ちの子どもを心配性の親がギャラリーとして見守っている中に交じり、俺の執事であるグラハムがいる。

俺はケインの傍《かたわ》らにいたグラハムにことの次第を問《と》い質《ただ》していた。

「グ、グラハムよ。これは一体どういうことだ？　俺はケインを鍛えろ、と命じたはずだ」

「次、ノルド・ヴィランス！」

グラハムが答えるまえに俺の番が回ってきてしまう。俺が指示に従い訓練場へ出て無難な暗黒魔導をチョイスし、無詠唱でもいいところを周りのレベルに合わせ、わざわざ詠唱を開始すると、忠誠心の強いグラハムは中断することなく俺の問いに答えた。

「はい、ノルドさまがいたぶりやすいよう、体力のみを増強し、アンデッド並みのいたぶり甲斐《がい》があるよう調教しております」

ぬぁんだってぇぇぇ――――っ!?

マジ要らぬ忖度《そんたく》ぅぅぅ。

グラハムの忖度に驚いた俺は詠唱中の暗黒魔導のスペルを間違えてしまい……、

【禍々しき闇の物質X《ダークマター》】

「しまったぁぁぁぁ――――――――っ！」

シュッ……！

荒野の空間にギリ視認できるかできないかぐらいの極小の黒い点が現れたかと思うと、周囲のありとあらゆる物質が球状に抉《えぐ》られ、瞬《またた》く間に蒸発する。

俺は目標物どころか、訓練場におけるバックストップ代わりの防御壁と山脈を消し去ってしまったのだ。

加減しようと思ったのになんてこった……。

そーっと、そーっと。

俺はケインを嘲笑することに沸いている訓練場から、何事もなかったかのように忍び足で立ち去ろうとしていた。

「さすがノルドさまっ！　やはり実力を隠しておられたのですね。私はノルドさまとならば、この大陸……いいえ世界の救済すら成し遂げられるような気がいたします」

うん……救済するなら、まずケインを先にしてあげて！

俺からいっさい目を離さず注目していたエリーゼが賞賛したことで、みんなの目が俺へ一斉に注がれてしまう。かわいいくせして、俺にとってエリーゼは聖女どころかとんだ疫《やく》病神《びょうがみ》になってしまった。

――さすがヴィランス家の御曹司！

――家柄に驕《おご》ることなく、努力されるとは！

――おれはノルドさまの腰巾着になる！

――なにを！　おれは取り巻きだ‼

ゲーム通り、ノルドの圧倒的な力のまえに不良仲間というか、取り巻きができてしまう。

一応俺が努力してしまったために、パワーは段違いなのだが……。

「加減したはずだが、あの程度で崩れてしまうとは……何万年、何十万年とかけてできた山脈であるのに人の営みのまえには無力だな！」

俺の想《おも》いはノルド語に変換されて、周囲にマウント取りまくってしまっていた。

いじめ良くない、ゼッタイ！

とりあえず取り巻きたちにはケインをいじめないように釘《くぎ》を刺しておかないと……。彼らが変にいじめて、ケインに覚醒でもされたら俺の生命が危うくなるからな。

とにかく俺の作戦はやることなすこと、裏目に出てしまっていた。

ぼっち学生を目指そうとした俺が注目を浴びて、目立たせようとしたケインがぼっちになってる……。

俺がみんなに賞賛されながら囲まれてると髪をなびかせた美少女が通り過ぎた。

ん？

マリィに似てる……んがしかし……。

あんなにおっぱいばいんばいんに成長しているわけがないしなぁ。マリィは十歳だし、ヒンヌーだし、そもそも入学資格がないのだから……。

――【エリーゼ目線】

衝撃的だった入学選抜テスト……各人に割り当てられた部屋に移っても私の興奮はあれから数時間は経《た》っているというのに冷めないでいました。ノルドさまはやはり私の読み通り、危機から救ってくれた恩人だったのです。そんな彼と感動的再会を果たした夜のことでした。

『ククク……ここが気持ちいいのか？』

『ち、違います、そんなところ触られても不快なだけです』

『本当にか？　だったらこれはなんだと言うのだ？』

『そ、それは汗です！』

『だったら舐《な》めてみろ』

『はうん……ヨーグルトのような酸味が口にぃぃ』

『おまえの汗はそんな味がするのか？　では俺も味わってやろう。直接おまえからすすってな』


ああん！　どうなっちゃうの⁉

きゅんきゅん、どきどきして、目を手で覆い机のうえの小説を読むのを中断してしまいました。

わっ⁉　す、すごい……。

でも気になり片手でそーっとページをめくると次のページにはなんと二人が裸で抱き合っている挿し絵が出てきて、食い入るように見ちゃっていたのです。

リンにお願いして買ってきてもらった乙女小説《TL》『黒公爵と白聖女』を読みながら妄想を膨らませておりました。

若いシスターで白聖女と人々から崇《あが》められるエリシアは、貧乏な教会が併設する孤児院の孤児たちに満足な食事を食べさせるために、領主で黒公爵と呼ばれるルルドに寄付をお願いするところから、ルルドに弄ばれちゃうという内容なのですが……。

まるで私がノルドさまに弄ばれちゃうように思えてきてなりません。

深呼吸して、また読むのを再開したのですが。

はあ……はあ……。

そ、そんな破廉恥な……。

ああっ、だめ！　そんなところにあれが出入りしちゃうとか信じられません！

す、すごいです。

純真無垢《むく》なエリシアがこんなに乱れちゃうなんて……。

私もノルドさまに気持ちよくされちゃうとか考えただけで、身体《からだ》が火照《ほて》って、息が勝手にあがってしまいますぅぅ……。


『どうかドすけべになってしまった私に罰をお与えください』

『ククク……よかろう淫奔なおまえには俺の調教が必要なようだな』

『ルルドさまぁぁ――――っ‼　そんなお腹《なか》の奥、とんとんしちゃらめぇぇぇ……』

はわわわわ……エリシアが嫌っていたはずのルルドを両足でがっちりホールドしちゃうなんて！

ガサッ！

私が二人のまぐわいに驚いて、机を揺らしてしまうと折り重なった本の山が崩れてしまいました。

ど、どうしいましいましょう。

ノルドさまに想いを馳《は》せるほど、私の乙女小説のコレクションはどんどん増えちゃってました……。

――――【ノルド目線】

くそっ！　まったくエリーゼの好感度が下がらねえうえにケインはあのぽんこつっぷり……。

どうしたものか。

そうだ！　俺がケインの目の前で取り巻きども《ノルド軍団》を引き連れ、エリーゼをナンパしてやればいい。

エリーゼは仮にもエロン教聖女候補筆頭、俺がナンパから強引にベッドに引きずり込めば、初期状態ではエロいことに潔癖なはずの彼女はあのノルドを殺《や》ったときのように蔑む顔を浮かべることだろう。

そうすればエリーゼの俺への好感度は、前世で俺のブラック職場と提携していた損保会社の株価並みに下がり一気にストップ安まっしぐらだ。

俺は『あなたはサイテーです！』とエリーゼから頰を打たれ、部屋から逃げ出した彼女をケインが優しく慰めれば……、二人の仲は一気に進展、その日にも種付けピストン祭りって寸法だよ。

翌日、すっかり俺に心酔してしまったノルド軍団を引き連れ、廊下を歩いているエリーゼの下へ向かう。前世なら声すらかけられたくない陽キャパリピな御曹司たちノルド軍団がエリーゼを取り囲み、俺が彼女に声をかけた。

「マグダリア伯爵令嬢エリーゼだな？」

「はい、そうですが……どうされたのです、ノルドさま？」

「俺の名前はノルド！　ヴィランス家が長子‼」

ノルド軍団が、「さすがノルド！　そこにシビれる！　あこがれるゥ！」などという茶番を入れてくるが、エリーゼは至って平静だった。

「はい、存じております」

「そうだ。エリーゼ、おまえは美しい……ゆえに俺にちょっと付き合え！」

こんなメチャクチャなナンパ、断られるに決まってるし、すんげえ印象が悪いだろう。

俺はエリーゼをいつも壁際《かべぎわ》から覗《のぞ》く男に視線を送った。

ケイン！　ぼーっと見てるんじゃなくて、早く俺を止めてエリーゼを守りその手に取り戻すんだよ。

「お待ちください！　エリーゼが戸惑ってますから！」

ようやく俺の願いが天に通じたのか、ケインが震える声で俺を制止してくれた。

「誰かと思ったらケインじゃないか。おまえはエリーゼの婚約者にでもなったつもりか？」

「ボ、ボクはエリーゼの婚約者なんかじゃ……」

「では彼氏か？」

「彼氏でもない……」

「だったら親密な友だちなんだろう？」

「そうでもない……」

どんどん声のトーンが下がってしまうケイン。

こらぁ！

ヘタレが過ぎるだろぉぉ──！

そこは嘘《うそ》でもいいから、『恋人です』って言って守ってやるところなんだよ！

ふとエリーゼに目を配るとケインを見る目がジトーッとして、苦瓜《にがうり》でも食べたかのような渋《しぶ》〜い顔で見ていた。

「はぁ……ノルドさま、行きましょう！　あなたさまからお誘いいただくなんてたいへん光栄です」

は？

いやいやいや、ナンパが成功してしまってどうすんの？

ケインさ、おまえエリーゼのこと好きなんだろ？　おまえの彼女がお持ち帰りされたらどうするんだよ！　俺はおまえのヘイトは買いたくないんだから、必死に頑張れって！

「エリーゼ、ひとつ訊《き》こう。そこにいる男はおまえのなんだ？」

「ただの従者です」

えっ？

エリーゼははっきり言い放ったはずなのに、人間都合の悪いことはちゃんと聞き取れずにいた。

「平民、おまえとエリーゼの関係を言ってみろ！」

「ボ、ボクとエリーは……エリーは……」

「ノルドさまっ！　行きましょう、ケインなど放って」

あ？　え？　ちょ、ちょっちょっと！

お持ち帰り成功ぉぉぉぉ──────！（号泣）

俺の人生初のナンパ成功がこれほどまでにうれしくないとは。

「ちょっと待つのれす！　いいえ、待つのです！」

エリーゼが俺と腕組みしようとしたそのとき、聞き覚えのある舌足らずな声がかかった。

誰かと思って振り向くと金髪に縦ロールでまさにお嬢さまドリルといった感じの女の子が立っていて、ご立腹の様子だ。

背はエリーゼと同じくらい、おっぱいばいんばいんで勇者学院のへそ出し制服がよく似合ったえちえち美少女に俺は訊《たず》ねる。

「えっ⁉　マリィ？」

「違うのれす！」

「いやマリィだろ？」

「わらしはマリエール・ミレーと申しましゅ」

精いっぱい考えたであろう、言い訳がかわいくてたまらない。

「そうか、それは残念だ。マリィなら俺の部屋に招いて、頭など撫《な》でていっぱい愛《め》でてやろうと思ったのに」

「わらひはまりぃれす！」

早っ！

マリィはすぐに偽名を捨てて、正体を明かしてしまった。

まあそのチョロさがマリィの魅力でもあるんだけどな。

「しかし、マリィよ。どうしたというのだ、その見目は？」

「はい、お兄しゃまが恋しくて、離れたくにゃくて、【変身魔導】を習得したのら」

さすがノルドの妹だけある！

『成勇』では無能呼ばわりされて、エリーゼをいじめる悪役令嬢ポジションだったけど、やっぱり才能を秘めてたんだ。


——俺の部屋。

「お兄しゃま、お腹とんとんして欲しいのれす」

「お腹とんとんッ⁉　そ、そんな実の兄妹《きょうだい》で、えっちなのはいけないと思います……」

「は？」

話がややこしくなりそうだったので二人を連れ、俺の部屋に来たのだが、エリーゼがな

にか勘違いを起こして、顔を赤くしながら驚いている。

スヤ～♪　スヤ～♪

やっぱり見た目はドエロい淑女になってしまったけど、中身はまだまだ子どもだな。

お腹をぽんぽんするとマリィはかわいい寝息を立てて眠ってしまった。

ただ、リリアンを脅して、飛び級入学してくるとかそこはノルドの妹で悪役令嬢の片鱗《へんりん》を見せている。それでも俺の傍《そば》にいたいという愛らしい妹を寝かしつけたかと思うとエリーゼが俺にもたれかかってきた。

「ああ……私も急に眠気がっ！」

「おわっ⁉」

それと同時にふかふかの絨毯《じゅうたん》の床に倒れてしまった俺たち。

「ノルドさまっ！　私、私、お腹《なか》のなかをとんとんして欲しいです」

お腹のなか？　よく分からなかったが、この密着した体勢では無理がある。

「いや足を解《ほど》いてくれないと、お腹ぽんぽんできないのだが……」

「離したくありません」

俺はエリーゼから大しゅきホールドされ、マリィが起きてくれるまで、ずっとこのままだった……。

――【マリィ目線】

　ああ、やはりお兄さまの傍に押し掛けてきて、最高でした。そんなお兄さまの素晴らしさを広める第一歩のため、学院長室のドアをノックして呼び掛けます。

「学院長、まりぃなのら！　入っていい？」

「……お入りください」

　入室すると招かれざる客が来たといった感じで渋い顔したリリアンがおりました。

「嫌かしら？」

「毎度無茶ぶりに来られたら、誰でも嫌になるでしょ……」

「まだ二回目ですけど」

「やっぱり無茶ぶりしに来たんじゃないですか！」

「リリアン。お兄さまの力はすでにこの学院の教師よりも上です。なのに彼らはお兄さまに教えを垂れようとしています。実力至上主義である勇者学院において、教師だけが旧態依然というのは些《いささ》かおかしいのではありませんこと？」

「マリアンヌさま、いったいなにが仰《おっしゃ》りたいのですか？」

「分かりませんか？　では私の望みを伝えましょう。お兄さまを勇者学院の教授となさい。

それができなければ……」

「どうせ、私の痴態を世間に晒《さら》すというのでしょう……」

「分かっていらっしゃるのなら話が早いです。それに学院の会計におかしな点が見受けられました。学院長の交際費が異様に高くなっていますね。なにやら最近、コンカフェ、推しという言葉が流行《はや》っているらしいのですが……」

「マリアンヌさま、よろこんでノルドを当学院の教授として採用させていただきます」

「ありがとう、リリアン。私はあなたのことがとっても大好きですよ、ふふっ」

「恐ろしい子……本当に十歳なのかしら？　権謀術数ならノルド以上かもしれないわ……」

「なにか仰いました？」

「いえ、なんでもありません」

私は事が上手《うま》く運んだことで学院長席の後ろにゆき、窓に向かって両手を広げ宣言しました。

「そうです！　お兄さまの名をもっともっと世に広め、ノルド・ヴィランスこそが最も優れた男子だと世に知らしめるのです‼」

ああ、お兄さまは素晴らしい存在なのです。私はそんなお兄さまを陰から支えられることが幸せでなりません。

「悪夢だ……」

リリアンは机に突っ伏して、両手で頭を抱えていましたが……。

――【ノルド目線】

数週間後。

「ドアン！　詠唱が遅いぞ、何度言ったら分かるんだ、こののろま！」

「はひぃぃぃ！」

ハイド《隠れる場》なしの雪合戦形式で死なない程度に魔導をぶつけ合う授業をしていた俺たち。ドアンは立ち止まり詠唱していたが、戦場で棒立ちになれば、確実に死ぬ。

俺は注意がてら、走りながらドアンの耳元に【常闇の波動《ダークウェーブ》】を放つと奴《やつ》はびっくりして詠唱を中断してしまう。

少し前のことだが、俺はリリアンに身震いしながら告げられていた。然《さ》る高貴なご令嬢が俺を強く教授に推薦したのだと。もし断れば、勇者学院の関係者全員に不幸が振り掛かると言い残して。おかげでドアンの代わりに初等科の教授をやる羽目になった……。

「さらば我がスローライフ」

俺の計画がどんどん遠のいてゆく……。

「ノルド先生、なに言ってんだ？」

「さあ？」

「おまえら！　サボってるんじゃない！　次の実戦を行うぞ！」

俺はドアンのように教授から引きずり下ろしてもらいたくて、前世の社畜職場よろしくクソ上司の真似《まね》をしてパワハラ、モラハラ授業を敢行していた。

ちゅど――――――ん!!

「おまえらに告げる！　いまから俺の放つ暗黒魔導の波状攻撃に一分耐えてみろ！　いや耐えられなければ死しかないんだがなぁ、はははは！」

「ノルド!!　言うまえから、魔導を放つのは反則だよぉぉぉ――――!!」

俺がなにも告げずにクラスメートたちに振り向きざまに放った【黒円弧《ブラックプロミネンス》】にケインが文句を垂れた。

「うるさい！　戦場は常に理不尽だ！」

俺の前世のブラック職場のように……。

三十八人いたクラスメートの大半が戦闘不能となり、残ったのはケイン、グレン、ハリーの三人となってしまう。

「フハハハハハハハハハハハハハハハハハハ‼　魔族の狡猾《こうかつ》さはこんなものではないぞ！　常に警戒を厳に！　おまえの隣にいる仲間すら、すでに魔に魅入られているかもしれないんだからなぁ！」

「ノルドは勇者じゃなくて、魔王だ……」

まったく笑えない冗談だ。

俺が魔王になったら、確実に死んでしまうのだから……。

――――教授レビューの日。

『成勇』の勇者学院の特徴として、各教授に生徒はレビューをつけられる。

授業がつまらない、セクハラが酷《ひど》い、口が臭い、なにを言ってるか分からないなど、レビュー内容はさまざまだ。作中、ドアンは生徒を買収し、成績をよくする代わりに教授レビューをよく書くように生徒と取引していた。

ククク……俺はそんなことを一切しちゃいない。これで教授などという堅苦しい立場からおさらばだ！

俺は酷評され、教授はおろか生徒としても不適格で勇者学院を追放されるはず！

ええっと……。

渡されたレビュー内容を与えられた教授室で読むと、

ノルド先生の授業は他の先生には真似できません。弱い先生にはぜったいにできない実戦という心構えを教えていただきました。

は？

いやいや、これはなにかの間違いだ！　次だ、次ぃぃぃぃ！

厳しさのなかに優しさがある先生です。倒れていると【闇回復《ドーピング》】で癒やしてくださり、「なにがなんでも立ち上がれ、このへにゃ〇ン野郎」と叱咤《しった》激励してくれます。

ドMくん？

あれ……回復じゃねえんだよ。生命力を前借りしてるだけだから……。

先生は尊大にも見えるけど、実は謙虚。遅れてきたことなんてなくて、おれたちより先に野外演習場に来て準備してくれてる。


いや、それおまえらを罠《わな》にかけるための準備してるだけだから！

う～む、あんなパワハラ、モラハラ授業がいいとかみんなドＭなのか？

おっ！　これは俺に対するアンチコメだな。


ノルド先生は博識なのに質問してもちっとも答えてくれない。何度訊《き》いても「痴《し》れ者《もの》があぁ！　その程度、己で調べるんだな」と酷く叱責され、凹《へこ》んでしまう。

酷い先生だと思ってしまった。

でもよくよく考えたら周りに仲間は居《お》らず、一人になることがある。たぶん自分で調べて考えろ、と自主性を重んじてくれてるんだと思う。いままで両親から与えられるだけだった私にそのことを教えてくれたノルド先生は最高の師です。

……。

おい、落としておいてあとで誉《ほ》めるの、ヤメレ！

ふう……これが最後か。

ク●ノルド!!　ボクはおまえの生徒にはならないぞ！　あんな授業、ぜったいに認めない！　おまえなんか[redacted]！

[redacted]！

【教授に対する侮辱と人格否定の表現が多数見られ、学院長権限により内容を修正、レビューを正式に認めないこととした】

どっからどう見てもケインだな。リリアンから黒塗りにされてるとか草しか生えない。

って、俺……教授から降りられないじゃねえか……。

　リリアンの奴、ぜったいに面白がって俺に教授なんてやらせてるだろ！

　高評価レビューばかりなのに頭を悩ませているとエリーゼが入室してくる。招かれざる客なんだが、科が違えど一応生徒なので拒否できないのが悲しい。

「ああ……今日のノルドさまは一段と格好良かったです。あの多人数を相手に一歩も退《ひ》くことなく、立ち回られるなんて！」

「……」

　どうして、この娘にはそう見えるんだろう？

　市街戦、攻城戦を想定し、みんなを袋小路《ふくろこうじ》に追い込んで、ただただ、いたぶってただけなのに……。

　俺たちが話していると教授室にノックもせずに土足で踏み込んでくる輩《やから》がいた。いや土足でいいのか……。海からワカメを頭に乗せて上がってきたような髪型の男は俺に向かって言い放つ。

「おまえがノルドか！　ふん、まだずいぶんと子どもっぽいんだなぁ」

「誰だ、おまえは？　俺はエリーゼを分からすので手いっぱいだ。用件があるならあとにしろ」

「貴様ぁぁ‼　このお方をどなたと心得る。このお方はなぁ――――」

「知らんな、おまえウザいからしゃべるな」

「んぐっ⁉　うー、うー、うー」

ワカメの腰巾着みたいな坊主《ぼうず》頭の男がうるさいので魔導で即座に黙らせた。

しかし……。

誰だ？　こんな奴いたっけ？

「学院入りたての青二才が……調子に乗るなよ。このすべてにおいて最高である私が貴様に教育的指導を与えてやる」

お、そうだそうだ思い出した、このムカつくしゃべり方。ヴィランス公爵家を中心とする貴族派閥ゲゼルシャフトの一員で初等科の生徒には厳しく当たるが、ワルドには媚《こ》びへつらう中等科の小物先輩だ。

忙しいし、次の授業も控えてるし……面倒くさいな。

「おい、やる気のある無能のハンス！　俺は忙しい。用件はひとことでまとめろ」

ひっ⁉　俺の思ってることそのまんま口に出しちゃうとかマズいって！

「なんだと！　このバウンダリン侯爵令息ハンスに向かって、そんな口の利き方をしたことを思い知らせてやるっ！」

ハンスは俺の足下に白い手袋を投げつけた。

「拾え」

「ああ？　教授の俺がなぜおまえの手垢《てあか》のついた手袋を拾わねばならないのだ？　違うだろ、手合わせしたくば、ノルド先生お願いしますと告げて、土下座だろ？」

「き、貴様ぁぁ！　上等生に向かって、そんな口の利き……うー、うー、うー」

「きゃんきゃん吠《ほ》える奴ほど弱いと言うが、こんな低級魔導にすら抵抗力がないとは、呆《あき》れてものが言えん。家に戻って、いちからやり直せ」

【解除】

「口を封じるなんて言論統……うー！　うー！」

【解除】

「貴様ぁぁ――許さ……うー！　うー！」

ハンスがなにかしゃべろうとする度に口を封じてやったが、ちょっと飽きてきたので話を仕方なく聞いてやることにする。

【解除】

それにしても封印耐性ザコすぎだろ……上級生のくせして。

「……なるほどただでは受けられないということか……ならば私が貴様に負けたら、学院から去ってもいい。逆に貴様が負けたら潔《いさぎよ》くこの由緒《ゆいしょ》ある勇者学院から立ち去れ！」

「なんだと？」

やった！

ここでハンスに負けて、勇者学院を去る口実ができる。

しかしハンスは俺の驚きを別の意味で捉えているようで……。

「ははっ！　教授代理を任されたとはいえ、所詮青二才。私に負けるのが怖いと見える」

負ける要素が一ミリもないんですが、本気ですか？　ハンスパイセン。

さっきから青二才、青二才と呼ばれてるんですが、俺前世も含めて、あなたの三倍くらいは生きてるんですけどね。

エリーゼの好感度をきちんと下げるためにも、俺が散々イキり散らして無様に負ければ、彼女は俺を見下し、幻滅して二度と俺のところへ来たいとは思わないだろう。

「分かった。おまえとの決闘、暇つぶしの余興として受けてやろう。ありがたく思えよ。この俺がおまえ程度の『ざこざこざーこ、うぷぷぷぷっ』の挑戦を受けてやるんだからなぁ！　はははははは‼」

「くっ、このハンス……こんな屈辱を受けたのは生まれて初めてだ……」

あれ？　親にも打たれたことない子？

俺が前世でクソ上司にパワハラを受けたときの百分の一も貶《けな》してないのに、ハンスはガクッと膝を折ってうなだれてしまう。

えーっと、彼はメンタルクソザコくん、なのか？

ハンスはいつの間にか俺の隣にしれっと寄り添っていたエリーゼの下へ歩みでており、

「エリーゼくん！　君のような麗《うるわ》しく可憐《かれん》な、そして清楚《せいそ》で聡明《そうめい》な娘が、ノルドの下にいるなど間違っている！　私がノルドの実力と欺瞞《ぎまん》を暴いた暁には私と婚約してくれないか？」

「……」

彼女はハンスの問いに黙りこんだかと思うと俺の胸元に身を寄せ、『マジ、キモいんですけど！』と言いたげに嫌悪《けんお》感を露《あら》わにしている。

「一方通行なのはいかがなものかと思うがな！」

「ノルドさまの仰《おっしゃ》る通り、本当にそうです‼」

いや俺はハンスに言ったんじゃなくて、エリーゼに言ったんだけど……。

「うわぁぁぁぁぁ――――ん、あり得ないあり得ない！　このイケメンで優秀、そして人徳を兼ね備えた私の申し出を断るなんてぇぇぇ――――‼」

他はともかくワカメは兼ね備えているけどな。

エリーゼにきっぱり否定され、ハンスは教授室で情けなく号泣してしまった。

えっと……私、失敗したことないので！　みたいにハンスは成功ばっかりしてきたのかな？

「泣け！　叫べ！　そして俺を讃《たた》えろ！　ハンス、おまえは明日俺の踏み台となるのだ、ははは！」

「ノルドさま、本当に頼もしいです。私に言い寄るあの方に罰をお与えになるのですね」

いやエリーゼ、そうじゃないから……。


――決闘当日。


「ノルド！　貴様は闇系魔導ばかり使い、勇者候補として恥と思わないのか！」

う～ん、元々勇者になりたかったわけじゃないし、ワルドから言われて渋々入学させられただけなんだがなぁ……。それに戦闘スタイルはみんなさまざまだし、とやかく言われる筋合いもないんだが。

「なにが言いたいんだ。回りくどいことは止《や》めて、さっさと用件を言え。俺は忙しいんだ」

ホントは暇つぶしなんですけどねー。

「勇者候補なら候補らしく、私と剣で勝負しろ」

「といったところだろ？」

「な⁉　なぜそれを……」

俺がハンスの言わんとすることを一言一句重ねて言ってやったら、ガクガクと震えながら、口をパクパクさせていた。

「き、貴様ぁぁ！　私の心のなかを覗《のぞ》いたというのか⁉　なんと卑劣な……」

「ノルドさま、私の心も覗いて欲しいです……」

観戦に来ていたエリーゼが俺に声をかけたんだが、う～ん、話がややこしくなるからエリーゼは黙っていようね。

単にゲーム内でケインとハンスの決闘のとき、ハンスの言い放ったセリフを言っただけにすぎない。

シャキーン！

ハンスが白刃《はくじん》を抜き、天に晒《さら》すと切っ先が眩《まばゆ》く光った。

「早く貴様も抜け！」

あー、これ俺が抜いたら一瞬で終わっちゃうパターンじゃん。

居合いの要領で抜き放ったら、剣ごと切れてしまいそう……。

「抜かないなら、私から行く！」

ハンスの見せ場を作ってやんないと、と思い素手で捌《さば》いたのだが、彼はぶんぶんと剣を振り回すだけで、まったく俺に当たらない。

「ちゃんと狙えよ。俺はここにいる」

「はあ、はあ、ぜえ、ぜえ、ちょ、ちょこまかと逃げるな……はあ、はあ、早……く私の剣の錆《さび》となれ……」

いやハンスの動きのほうが錆《さ》びついとるし……。

わざわざ魔導禁止ルールを求めてきたから、なにかスゴい必殺技でも見せて、俺を倒してくれるのかと期待したが、期待した俺が馬鹿だったみたいで拙い剣技を披露してくれただけに終わる。

「息が整うまで三分待ってやる」

「ぜえ……ぜえ……はぁ、はぁ……その増上慢、ぜったいにこのハンスがへし折ってやるっ！　い、息が苦しい、はぁはぁ……」

ボクシングでも一分なのに、二分近く待ってこれとは……。

残り一分でようやく息を整えたハンスは俺に感謝の言葉もなく、俺を攻めてくる。

「これで終わりだ！　デヤァァァァァァ――――！」

あっ⁉

ハンスは俺に止《とど》めを刺そうと深く踏み込んだ。

あえて俺が踏まなかった場所を……。


プップップップップップップッ――――、ドォォォ――――――――ンンンンン！


ハンスが地面を踏んだ瞬間、地面から赤い蛍光色の魔導陣が浮かび上がり、起動した魔導陣はハンスの身体《からだ》をまるでロケットが打ち上がるかのように軽々と上空へと撥《は》ね上げた。

「うっわぁぁぁぁぁぁぁぁぁ――――！」

ハンスの叫び声が途絶えたところで奴《やつ》の取り巻きたちがひそひそと話し始める。

「おい、あんなに強力だったか？」

「い、いや、吹っ飛ぶくらいだったはず……」

「ど、どうしよう」

「おれは知らない」

「ぼくも知らない」

手をかざし、上空を見上げるもハンスが地上に戻ってくる様子はない。五分経《た》ってもまだ戻ってこないところを見るとほぼ決着がついたようだ。

「ノルドさま……なかなか戻られませんね」

「だな」

って、しれっと俺の隣にはエリーゼが寄り添っており、びっくりした。

まあ俺は予測がついていたんだけど、ハンスとその仲間が昨晩からご苦労なことにも夜なべして、地面に地雷式魔導陣を仕掛けていたので、俺は超強力なものへ書き換えておいた。

ハンスの実力では俺を倒せそうにないので、頃合いを見て、俺が踏むつもりだったんだが、俺ではなくハンスが踏んでしまったのだ。

「ククク……勝ちを急いで自爆とは……」


――ノルドの教授室。

親愛なるメイナへ
俺は元気にやっている。マリィもこっちで元気にしているぞ。メイナは元気か？
ワルドたちになにかされていないか？　もしそんなことがあれば、すぐ伝えてくれ。勇者学院など捨てて、おまえをすぐ助けに戻る。

先日詰まらぬ者の挑戦を受けたが、本気を出すまえに終わってしまって実に悲しい。修行しすぎるのも考えものだな。


どうしたものか……。

現地語は完璧にマスターしたはずが、どうしても文書すらノルド語に変換されてしまう。ドンドン……。

俺がヴィランス家にいるメイナに手紙をしたためていると……。

「ノルド！　たいへんだよ、ハンスが見つかった」

「聞いて驚くなよ！　あいつ、オイラーン帝国にまで飛ばされて、全裸でいたところを拿《だ》捕《ほ》されたみたいだ」

ハリーとグレンが俺に伝えにきてくれていた。

「ククク……それはちょっとした珍事だな、全裸だけに」

ハンスも期待外れに終わったことだし、ちょうどいい機会だ、リリアン宛に辞表でも書いておくか……。

第5章　没落令嬢、押し掛けメイドになる

――【エリーゼ目線】

「えっ⁉　リン、それは本当なのですか？」

「はい……私も本日を持ちまして、旦那さまからお暇《いとま》をいただくこととなりました」

　突然もたらされたメイドのリンからの報告に私は戸惑うばかりでした。

「でも、お父さまはスッター商会に信頼を寄せて、投資されていたはず……なのにどうして……」

「彼らは、はじめから旦那さまを騙《だま》すつもりでいたのでしょう。残念ですが、旦那さまが領地もお屋敷《やしき》も担保に入れ、商会に投資されたうえで夜逃げされてしまった以上、どうすることもできません……」

　度がすぎるほどお人好《ひとよ》しと言えたお父さま。私はそんなお父さまのことが好きでしたが、そんな人を疑わないところを彼らにつけ込まれてしまったのかもしれません……。

「リン……あなたはこれからどうされるのですか？」

「私ですか？　そうですね、故郷へ帰り親の手伝いをして過ごそうかと」

お別れの日、リンは深々と私に頭を下げたあと、

「エリーゼお嬢さま、いままでお世話になりました。お嬢さまと過ごした日々は本当に楽しかったです。ずっといっしょに過ごせればどれほど良かったか……」

「それは私も同じです。私はリンを姉のように慕っておりました」

「お嬢さま」

「リン」

今生の別れとなってしまうかと思うとどちらからともなく二人で抱擁を交していました。

メイド服で着の身着のまま、衣装かばんひとつだけ持って、私の下にお別れのあいさつに来てくれた彼女を見ると不憫《ふびん》でならなくて……。

「待って、リン！」

私は彼女に持てるだけの身銭を渡しました。

「お嬢さまっ！　こんなにも……でもこちらは受け取れません……こんなことを言うのは申し訳ないのですが、お嬢さまも、もう明日の生活すらも苦しい身なのですから」

「大丈夫です！　私はなんとでもなります。それに……運命の人のお側《そば》に寄り添えるチャ

ンスでもあるのです」

――――【ノルド目線】

「というわけなのです……」

「で俺におまえを雇って欲しいと」

「はい……」

「なるほどな、事情は分かった」

気が早すぎるエリーゼに背を向け、俺は額に手を置いて、呆《あき》れていた。

エリーゼはまだ俺が雇うとも言っていないのに、すでにメイド服を用意しているという。

「ホントですか⁉　では私をノルドさまの専属メイドとしてお雇いいただけるのですね！」

エロゲ内ではノルドを汚物でも見るかのような目で蔑み、蛇蝎《だかつ》の如《ごと》く嫌っていたエリーゼが小公女ばりに不幸のどん底にあるにも拘《かか》わらず、キラキラした瞳で俺の返事を待っていた。

「エリーゼよ、俺はおまえにひとつ訊《たず》ねたい。なぜ、俺に雇われるのが最優先なのだ？　伯爵家ともなれば他に貴族もしくは裕福な親類縁者がいるだろう」

「私は親類に頼るよりも自ら働き、生きたいのです！　どうか私の願いを……じゅるる……」

十五歳で自活しようなんて、異世界では貧しい人たちはそうしてるが、貴族ではなかなかいない。たいそうご立派な決意なのだが、とろんと蕩《とろ》けた目で俺を見て、口角の端からよだれを垂らすのはどういうことなんだろう？

待て！　これはエリーゼの罠《わな》だ！

俺を油断させ、ケインと仲の悪いふりをして寝込みにズブッとナイフを突き立てるということも考えられなくはない。

「ダメだ、ダメだ。俺が雇うより良《い》い働き口はいくらでもある。なんなら親しくしているギルドに紹介してやっても構わん」

「えっ⁉　私……ノルドさまの下で働けないのですか？　お兄さまはノルドさまの傍《そば》にいられたというのに？　もしかして、ノルドさまはお兄さまとそういうご関係だったのですか？　ノルドさまがタチでお兄さまがネコとか……いえ、意外と逆だったり……ふふっ」

腐っても令嬢のプライドは持ち合わせていると思ったがいつの間にか腐女子になっていたのか？

俺に断られたことでエリーゼがＢＬ妄想モードに入ってしまい、変な噂《うわさ》を学院内にふれ回って歩きかねないので、仕方なく話を聞くことにした。

「断じて違う。まったく令嬢というものはそんな不埒《ふらち》な思考しかしないのか。とにかくだ、おまえも没落してしまったとは言え、貴族令嬢の端くれ。伯爵家の令嬢をメイドとして雇ったりすれば、公爵家の名に傷がついて、どんな悪い噂を流されるか分かったものじゃない」

「私はまったく気にしません！　むしろ役得というかぁ……」

「俺は気にする！　ええい、仕方ない。おまえがちゃんと学院を卒業できるようリリアンの奴に掛け合ってやるから、待ってろ！」

「ああっ……やはりノルドさまはお優しいです。でも私は卒業よりもノルドさまにお仕えする方が……いいえ、卒業後永久就職というのもいいかも……」

「なにか言ったか？」

「いえ……なにも……」

優しさから来るものじゃなく、エリーゼにずっと傍に居られて、いつ寝首をかかれるか分からないような生活を送りたくないだけだ！


――学院長室。

「で、エリーゼを特待生にしろ、と」

「そうだ。話が分かったなら、すぐに認めろ」

「エリーゼは成績優秀、品行方正、容姿端麗ともう非の打ち所のないいい生徒よ。でもね、そうなると困ったわね～。うちの決まりで特待生は一学年に一人なのよ。いまはケインがそうね。エリーゼを特待生に変えると彼が外れちゃうの」

なんだって⁉

「いいじゃない。エリーゼを雇ってあげたら。ヴィランス家の財力なら召使いの一人や二人雇うなんて、洟《はな》をかむより簡単でしょ？」

「ぐぬぬ……」

「ありがとうございます、リリアン学院長！」

「いいのよ、エリーゼは私のかわいい生徒だから」

くそう！　リリアンの奴《やつ》、俺に勝ち誇ったような顔をしてやがる。本当はエリーゼのためなんかじゃなく、俺の嫌がることを熟知して俺にエリーゼを押しつけやがったに決まってる。

「じゃあ、特別にエリーゼの部屋は令嬢寮から令息寮に移れるように取り計らってあげる。確かノルドの隣が空いていたわよね」

「なんだと⁉」

「わぁっ！　リリアン学院長、私、先生のこと大好きです」

まさかエリーゼとリリアンはグルだったのか⁉

エリーゼと抱き合いながら、俺の方を向いてニチャァァァと笑ったリリアンがマジむかつく！

――【エリーゼ目線】

ついにやりました！

憧れのノルドさまの側でお仕えできるなんて……。

もう二度とお会いすることができないと思っていたノルドさまと再会できたうえに同じ勇者学院でご一緒できるなんて思ってもみませんでした。

本当はいい人なのに妙に悪ぶろうとする姿がかわいく私の母性をくすぐってきて、堪《たま》らないんです。

私のマグダリア家とヴィランス家は対立するいわば政敵同士。

貴族の娘を助けたりしたら、見返りを求めてくるのがふつうなのに、彼はなにも求めてきませんでした。

たぶん彼は私たちが結ばれてはいけない関係だと知っていたからだと思います。

両親にそれとなく訊《き》いてみたのですが、ヴィランス家の名を出した途端、いつも柔和な笑みを浮かべているお父さまの顔色はみるみるうちに眉間にしわを寄せた不機嫌さを表してしまっていたのです。

『我が娘をヴィランス家の者にやるくらいなら、一家心中したほうがマシだ！』とまであの優しいお父さまが言うくらいですから、両家の溝は相当深いのだと知りました。

ですが！

私の家は没落してしまい、もうノルドさまの側にいることを反対する者はおりません。

ああ！　ついに禁断の恋が許される……。

ノルドさまのことを考えるだけで私の身体《からだ》はふわふわと宙に浮いているような気分に……。

あ、知らず知らずのうちに宙に浮いておりました。

――【ノルド目線】

エリーゼは俺に丁寧に頭を下げた。

「不束者《ふつつか》ですがどうかよろしくお願いします」

それじゃまるで嫁入りまえのご令嬢といった雰囲気を漂わせながら……。それに着ている服がそもそもおかしい。

「俺は別にメイド服に着替える必要はないと言ったはずだが？」

「こちらのメイド服なんですがとっても動きやすくてお仕事が捗《はかど》るんですよ」

なんてことだ……。

恐ろしいことに修正力が働いたのか、エリーゼはノルドがケインから寝取ったときに着せたどちゃくそエロいメイド服を身にまとってしまっていた。

思わず固唾を呑《の》んだ。恐怖と淫靡《いんび》さに……。

スチルで見るのと実際に目の当《ま》たり《あ》にするのとでは雲泥《うんでい》の差《さ》。なにか仕事以外の別のことが捗りそうで怖い。

乳房を隠すという役割を捨て、魅せることに徹したフリル生地、北半球どころか赤道まで露《あら》わになりそうな胸元。スカートの丈は短過ぎて屈《かが》めばなんとかショーツを隠せるほどだった。

ただひとつだけあのスチルと違うところがある。まるで俺の好みに合わせたと言わんばかりの銀髪のツインテールがどちゃくそかわいい……。おまけにテールの根元には黒のリボンが結ばれ、銀髪とのマッチングはTKG《卵かけごはん》並みに素晴らしい。

そもそもノルドにNTRされたときはそんな髪型じゃなかったし。

着丈こそ合ってはいるものの、エリーゼの豊満な乳房のためにブラウスがぱっつんぱっつんになってしまっている。

それに白いストッキングにも拘わらず、まったく太さを感じず、スカートから覗《のぞ》くエリーゼの美脚でありながらむちっとした肉感を際立《きわだ》たせている。

それから履き口のレースとスカートから伸びるガーターのベルトがクソエロい……。ガーターベルト着用時のおパンティ、上から穿《は》くのか、下から穿くか……由々しき問題だ。

ちなみにノルドに寝取られるまえのエリーゼはガーターベルトのうえからおパンティを穿いていた。それだとガーターベルトとストッキングをつけたまま、おパンティを脱げるからな。

蔑むような目でノルドを睨《にら》みつけながら、顔を赤くして、下着を脱ぐエリーゼの表情が思い出されてしかたない。

『成勇』ファンからは歩く性女と呼ばれるだけはある恵体だ。そんなエリーゼがうれしそうにカーテシーをすると俺に屈託のない笑顔を向けてくる。

しまった！

俺に精神攻撃をしかけてくるとは……おかげで股間が腫れてしまったじゃないか。これがぜんぶ俺を欺くための演技だとしたら、大した役者だ。

「ノルドさま、なにかお仕事はございませんか？」

「あと気になっていたことがある。そのノルドさまというのは止《や》めろ。俺とおまえは同じ貴族。気を遣う必要はない」

「ですがノルドさまは私のご主人さま……。ご主人さまに対して、呼び捨てなどできようはずがありません」

「分かった、分かった……。おまえの好きなように呼べ」

「はい、ノルドさま！」

エリーゼは俺に満面の笑みを向けていた。

ノルドに向ける闇堕ち顔とケインに向ける優しげな微笑《ほほえ》み……。

ノルドを刺殺し、ハッピーエンドを迎えたときにケインへ向ける眼差《まなざ》しとそっくりで俺は微笑み返すことすらできないでいる。

俺は大きな机のまえに座っていたが、エリーゼが側に寄ってくるので座る場所を移した。

「なぜそこにいる」

「はい、いつでもノルドさまのご命に応じられるようにと」

俺がエリーゼから距離を取ろうとベッドに腰掛けると向こうから寄ってきて、エリーゼは俺の隣にちょこんと座ったのだ。

「座るのは許可しよう……だが近いぞ」

「はい、近いほうがノルドさまがなにを思っていらっしゃるのか、感じ取りやすいと思いまして」

このままだと俺はエリーゼにずっと監視され続け、それにより集中力を切らしたときにズブリ……と殺《や》られるんじゃないかと警戒した。

「そうか、なら教えてやろう！　俺はおまえに無理難題を言ってやるから、応えてみろ！」

「はい！　よろこんで！」

居酒屋の店員以上に屈託のない笑顔で返事されるので堪らない。

「俺はおまえを犯したくてたまらない！　ずっとこの部屋に留《とど》まれば、おまえは俺に貞操を奪われ他の男と婚約などできない傷物になってしまう。どうだ、恐ろしいだろう！　そうなりたくなければ、早々に俺の部屋から……」

「それはノルドさまが私と一夜を共にしてくださると解釈してよろしいのでしょうか？　私のように没落してしまい、なんの取り得もないのに女として見てくださるんですよね。私、ノルドさまのお顔も、そのいつも自信に満《み》ち溢《あふ》れた態度も、目上の方々にも屈しない強さも、すべて憧れてしまいます。私にないものをノルドさまはすべてお持ちなのですから……」

（……して、許して……）

エリーゼのなかの俺の評価が爆上がりしていて、なにを言ってもいいようにしか取られない……。

仕方ない、こうなったら身体検査するしかねえ！

「だったら、ここで服を脱いで裸になってみろ！」

「えっ⁉」

エリーゼは俺の無茶ぶりに戸惑ったのか、口に手を当てて戸惑いの表情を見せていた。

さすがにヌードになれ！　なんて言えば、嫌われてもうこの部屋に来ないだろう。

それでいい。

俺の学院生活は平穏に戻ってくれるのだ。

「本当に私の身体を見てくださるのですか？　ち、乳房など膨らんでしまい見られるのが恥ずかしいんです……でもノルドさまが見てくださると言うなら、よろこんで……」

「は？」

おかしい！　おかしいって！

ふつうこういう場合は髪の生《は》え際《ぎわ》から目元にかけて、縦線が入り、ドン引きされながら、まるで汚物を見るかのように蔑まれるはずなんだよ！

それがどうだ？

顔だけじゃなく、白雪のように美しい肌を桜色に染めて恥じらい、艶《なま》めかしい肢体をもじもじさせてるとか……。

「他の男の子はおろか、お兄さまにも見せたことないんですよ……初物の私の裸をご覧ください……」

焦《じ》らしているわけじゃないと思うのだが、恥じらいからか白いエプロンの紐《ひも》を解く仕草がたどたどしい。

はぁ……はぁ……。

なんて姑息《こそく》な戦法を……。ごくり……。

胸元のフリル付きメイド服をずらして、頬を赤らめ手ブラしているエリーゼの姿がラブホで一戦交えるまえに服を脱いでいる女の子に見えてならない。

「着ろ！」

「えっ!?」

「おまえのやる気が本気か試してやっただけだ」

「では合格ということでよろしいのでしょうか？」

「仮採用って奴《やつ》だ。変な気を起こせば即解雇だ」

「ありがとうございます！」

「抱きつき禁止だ！」

俺をまるで大きなクマのぬいぐるみとでも思ったのか、エリーゼは無邪気に笑いながらひしっと抱きついてきたのだった。


エリーゼを渋々雇い入れて数日後。

「ノルドさま、おはようございます」

「ああ……今日も早いな」

エリーゼは毎朝、幼馴染《おさななじみ》ポジションよろしく通い妻のように俺の起こして欲しい時間に起こしに来る。寝起きの悪いことも多々ある俺だが、彼女に起こされると不思議といつも快調になっていた。

俺に向ける優しげな眼差し。

さすが聖女候補といったところか……。

だが、なぜだ⁉

なぜ、エリーゼはケインでなく、俺のところへやってくるんだ？

そうだ、ケインは弱すぎるんだ。

エリーゼの言っていた言葉を思い出す。

【私、ノルドさまのお顔も、そのいつも自信に満ち溢れた態度も、目上の方々にも屈しない強さも、すべて憧れてしまいます。私にないものをノルドさまはすべてお持ちなのですから……】

「ノルドさま、お茶が入りました。毒味の必要はありますか？」

「いや、その必要はない」

ハーブの良い香りが鼻腔《びこう》をくすぐり、俺のために淹《い》れてくれた紅茶を無性に飲みたくなってしまい、口をつけた。

エリーゼに絆《ほだ》されたわけじゃない。ただ喉が渇いていたからだと自分に言い聞かせた。

とにかくだ。ケインを強化しない限り、エリーゼは俺のところに来続けてしまい、いずれは……。

ぶるるっ。

彼女が慣れない手つきで淹れてくれた紅茶で身体《からだ》が温まっているというのに、彼女にノルドが刺殺されたときの闇堕ち顔が浮かんできて、全身に怖気《おじけ》が走った。

ちなみに【毒検知】したところ、まったく反応しなかった……。

じわじわ弱らせて、止《とど》めを刺す作戦じゃないのか？

まあいい。

いずれ、馬脚を現すことだろう。そのときは……。

「お口に合いましたでしょうか？」

「ん、まあな。味は悪くない」

「よかった！　ノルドさまに気に入っていただけて光栄です」

飲み干したカップをソーサーに置くと、エリーゼはトレーを胸に抱き、不安そうに訊《たず》ねてきたので、無難な答えを返すと堅く閉じていた蕾《つぼみ》が開いたたんぽぽのように明るい笑顔を咲かせていた。

いちいち俺に見せる笑顔がかわいいが、ノルドと違って、俺はその程度では欺かれたりしないぞ！

もうそろそろ俺とケインは初対決を迎えることになる。確実に俺がケインに負けるためには彼に聖剣エクスカリバーを入手してもらわないといけない。

俺がわざとらしく負けても、エリーゼは絶対に俺が負けてなく、手を抜いたとか言い出しかねないのだから……。

おそらく俺たちを戦い抜かせて、ノルドが無様に死んでいく姿を見たいのだろう。そうならないためにもケインにはエリーゼを射止めてもらい、彼女を引き取ってもらわないと。

これからケインはエリーゼの発案で聖剣を引き抜く儀式を行う。

なぜなら聖剣を獲得するとふざけたクイズ番組で最終問題だけポイント二倍みたいな、いままでの努力を灰燼《かいじん》に帰す力があるのだ。

ふつうならまったくやってらんねえぜ、となるのだが、それなら俺がケインに負けても言い訳が立つと踏んだ。

「ケイン！　おまえが強いんじゃない、聖剣が強いだけだ！」とちゃんと悪役らしい捨《す》て台詞《ぜりふ》もすでに考え、計画としては控え目に言って完璧。

不慣れながらも一生懸命淹れてくれた紅茶を啜《すす》りながら、エリーゼへ伝える。

「エリーゼ、俺は出かけるところがある。危険が伴うから絶対についてくるなよ」

「は、はい……ですが、ノルドさまでも危険な場所があるだなんて、二人で行ったほうがよくありませんか？」

くっ、ド正論だ……。

「そこまで危険じゃない。すくなくともエリーゼに足を引っ張られてしまっては成功するものも、失敗してしまう」

「分かりました。ノルドさまの邪魔はしたくありません。ここで大人しくしていようと思います」

いつもなら、ごちゃごちゃと俺に反論してくるのに、今日のエリーゼはやけに素直だった。

――翌日。

学院の裏には伝説の聖剣が刺さった丘があり、そこで告白した男女は永遠に結ばれるらしく、学院七不思議のひとつとなっている。

十分ほど歩くとアーサー王伝説よろしく巨大な岩に聖剣が刺さっている光景が見えてきた。

ちなみにノルドの終焉《しゅうえん》の地なんだけど……。

ヘタレのケインのことだ。ちょっとやそっとじゃ聖剣は抜けないだろうと考えて、抜き易《やす》いように手助けしておいてやろうと思ったのだ。

俺自身は暗黒騎士なのでまさかと思うが聖剣は引き抜けないだろう。

『成勇』のなかじゃ二百年ほど抜かれてなかったらしいが、どういうわけか分からないが刃《やいば》は錆《さび》ひとつなく光り輝いていた。

俺は柄《つか》に手をかけ、両手で力の限り引いてみる。

ググッ！

両手に伝わる確かな手応え。だが刃が岩から抜け出てきた様子はない。少し力を抜きすぎたみたいなので本気を出してみた。

ごぼっ！

は？

「そんなのありなのか!?」

俺は目の前の光景に目を疑った。

ぬ、抜けてる……。

いや正確には聖剣が刺さった巨岩ごと大地から引き抜いてしまった……。

誰にも見られていないうちに元に戻さないと！

俺が急いで聖剣の刺さった巨岩を大地に戻したときだった。

慌ててたためか、勢いよくメイスかハンマーのような形になってしまった聖剣を大地に叩《たた》きつけてしまい……。

ピキッ、ピキッ、ミシッ、ミシッ……。パカッ！

「はぁぁぁぁぁ――――――っ⁉」

最後まで巨岩から抜けなかった聖剣だったが俺が勢いよく戻してしまったために巨岩は大地にぶつかり、聖剣の刺さった部分から亀裂が入り、真っ二つに割れてしまっていた。

俺は図らずも聖剣をまったく違う形で手にしてしまったのだ……。

いやどーすんの、これ。

聖剣を掲げ、「俺、なんか抜いちゃいました」をやってしまった。

甘栗剝《あまぐりむ》いちゃいました、てへっ♡　って詰まらんギャグをかましてる場合じゃねえ！

誰にも見られないうちに戻しておかないと……。

「ノルドさまぁぁ――、どちらにいらっしゃるんですかぁぁ――っ？」

んげ⁉　あの声はエリーゼ⁉

俺が棚ぼたで抜いてしまったエクスカリバーを手にしているところなんて、見られでもしてみろ、エリーゼは『ああっ！　ノルドさまがやっぱり真の勇者さまだったのですね！』とか言い出しかねない。

そうなってしまえば、ケインは完全にお払い箱だ‼

俺は苦し紛れに慌てて、聖剣を背に隠していた。

そんなこと思っている間にも、俺がいま最も見られたくない人物であるエリーゼは縮地でも身につけたのかと思うほどの速さで俺のまえに立っていた。

ふつうならば、ご主人さまを心配して危ない道中を気にも留めず、必死になって追いかけてきた健気《けなげ》なメイドの頭を撫《な》で撫でして、ほめてやりたいところだが、そんな甘いところを見せるわけにはいかない。

「俺は危ないからついてくるなと言っただろう……まったくなにを考えているのやら……」

「はい、私が考えているのはノルドさまのことばかりです……朝も昼も夜も……もちろん寝ているときもです」

は？

「ノルドさま……一人はさびしくて来てしまいました……」

「俺の彼女気取りとは呆《あき》れて物が言えん」

「彼女なんてとんでもございません。なんと言えばよろしいのでしょうか？　私はノルドさまの性のご奉仕をするメイドなのです……なんでしたらいけない私にお仕置きを……」

エリーゼはもじもじと内股をすり合わせ、ぽっと頬を赤らめながら、恥ずかしいことを言ってしまう。

「おまえに性欲を管理されるほど、俺は女には困っていない！」

といっても俺がノルドになってからの経験人数は一人なんだが……。

エリーゼから嫌われるように下衆《げす》いことを言ってみたのだが、彼女はなにか勘違いをしているようだった。

「ではノルドさまの夜伽《よとぎ》を務める際は期待してもよろしいのでしょうか？　はぁはぁ♡」

なんの期待だよ……。

経験人数に起因するえっちなテクニックについてか？　確かにノルドはエリーゼを即イキさせてたけど。

「ところでノルドさま、そのうしろに隠されているものはなんでしょうか？」

「な、なんでもない」

くそ、聖剣という名は伊達《だて》じゃなく、俺の隠蔽魔導【秘匿の影《ハイドシャドウ》】の黒霧が霧散してしまう。

「も、もしやそれは伝説の聖剣エクスカリバーなのでは!?　お兄さまですら抜けなかったというのに……やっぱりノルドさまは最優の勇者さまなんじゃ……」

「なんでもない、ただそこに落ちていた棒切れだ」

盛ってるくせして、エリーゼはきっちり隠した性剣セクスカリボーじゃなかった、聖剣エクスカリバーに気づいてしまった。

「あっ！」

「危ない！」

聖剣を隠した俺の後ろに回り込もうとしたエリーゼはつまずいてしまい、転びそうになって……。

ドタ～ン。

二人で絡《から》み合《あ》って転んでしまった。

暗黒騎士といえども騎士の端くれ。たとえ近い将来に俺を殺しに来ると分かっている淑女でも守らねばならない。

気づくと左手でエリーゼの頭を抱え、腰を打たないよう右手でおしりを覆っていた。

間近で見るエリーゼの顔。

お互いの吐息がかかり、呼吸を感じ、鼓動が密着した身体《からだ》から伝わる。

エリーゼの髪は陽《ひ》の光を浴びて銀色に輝き、香水とは違う彼女由来の良《い》い香りが漂ってくる。

透き通るようなブルーの瞳からは彼女の芯の強さが、白桃のような肌は俺と間近に接していることでほんのり赤く染まっていて艶っぽい。

唇はグロスなんて塗っていないのにさくらんぼのようにぷるんと弾力と艶が際立《きわだ》つほどの美しさだ。

「ノルドさま、そんな大胆な……」

「ち、違う！　これは押し倒したのではなくてだな……」

エリーゼが転ぶときに偶然俺のつま先に引っかかってしまったのを足払いで倒したとでも勘違いされたのかもしれない。

「良いのです……ノルドさまは言葉はお強いですが誰よりもお優しいことは私がいちばん理解しておりますから！」

いやむしろ俺をいちばん理解していないのはエリーゼだよ！　って言いたくなる……。

「知った口を……。俺のなにを理解できているというのだ？」

「失礼いたしました。ならばノルドさまに私を理解していただきたいのです」

「理解だと？」

エリーゼは俺に頭を抱かれたまま、こくりと頷《うなず》いた。

「……私、学院の図書館で学んだんです」

「なにをだ？」

「はい、こういうお外で男女がまぐわうのを〝青姦《あおかん》〟と称するということを……」

うちの学院の馬鹿野郎――――――――――――――ッ！

マジいらぬ知識ぃぃぃぃ――――――！

次期聖女と目されるエリーゼに破廉恥極まりない知識を与えてどうするんだよ！

まさに破廉恥学院……いやエロゲ世界だからおかしくはないんだが……。エリーゼは思春期真っ盛りの男子中学生のようにエロワードを検索して、ムフフな妄想をしているようだった。

「その本の名を教えろ」

「ノルドさまも読まれるのですか？」

「いや禁書にしてやる！」

「なるほど！　私たちだけの秘密にするのですね。さすがノルドさま、素晴らしいお考えです♡」

どうしてそうなる……。

俺たちが大地に臥《ふ》して抱き合っていた、そのときだった。

「なっ⁉」

「えっ⁉」

「あ、いいから、いいから。そのまま続けて。あたしさ、こういうエッチシーン見るの、二百年ぶりだから楽しみなんだよね～」

「誰だ！　おまえは？」

「あ？　あたし？　あたしはエックス。聖剣の精だ。みんなはセイバー・エックスからセッ○スって呼んでる」

ふと手元にあったエクスカリバーが無くなっている。

おい、誰だ？

このいきなり猥談《わいだん》をぶちかます美少女の封印を解いたのは！

あ、俺だった……。

「え――っ!?　二人ともまだえっちしてないの？　若いのに？　おかしいでしょ、美男美女で胃カメラ画像を流したあの**V Tuber**みたいに精力満天なのに」

おえっちなんて、まだしてませんわ～。って、なにやらせるんだよ！

おまえ……ぜったい運営会社から怒られるぞ。

「ぶいちゅーばー？　なんですか、それ……」

ほらほら、現地人のエリーゼが食いついてきてしまったじゃないか！

「幼気《いたいけ》な娘に余計なことは教えなくていい！」

メタ発言を繰り返す聖剣の精をヘッドロックで固め、拳の角をこめかみに強く押し当て、尋問した。

「いだい、いだい、いだいったら！」

「おまえは本当に異世界人なのかよ！」

「人じゃないもん。精霊だもん」

「こいつは！」

エックスはフヒューッと口を尖《とが》らせて、俺に口答えする。

正直しばきてー！

「とにかくそのメタ発言は止《や》めておけ。エリーゼが混乱する」

「あれれ？　彼女面すんなとか言ってたくせにノルドも意外と彼女に惚《ほ》れてたりして、ワラ」

「おまえを【地獄の業火《ヘルファイア》】でオリハルコンの固まりに戻してやってもいいんだぞ」

俺は片手に黒く燃える炎を出して、茶化してくるエックスを脅した。

「ひぃぃぃ――――っ、だめだって！　せっかく生を受け、二百年も封印されて娑婆《しゃば》の空気吸えると思ったのに溶かされるとか、この鬼畜、粗ちん、早漏、種なし！」

マジでこいつを溶かして、辱《はずかし》めのためにオリハルコンのディルドーに変えてやろうかと思った。

「もういい……おまえはもうしゃべるな。【静寂《サイレンス》】」

「むぐーっ！　むぐーっ！」

俺はエックスの口周りの頬を摑《つか》んで、暗黒魔導で黙らせた。

まったく歩く猥談かよ……。

「ノルドさまはそうなんですか？」

「そうなのか、とは？」

「あの、その種がないとか……」

「そんなわけがあるか！　俺は公爵家の種馬と呼ばれるほどの男だ。勝手に不能扱いするな」

ぽっ♡

「うれしいです……」

俺がノルド口調でエリーゼに返答した途端頬を赤らめて、悶《もだ》え始めた。

もしかして、期待されてるのか？

「ああっ、今夜ノルドさまにもし種付けされちゃったら、どうしましょう♡　いやん……私ったらなに考えてるの～♡♡♡」

エリーゼが妄想の世界へ旅立っているのを冷めた目で観察していると聖剣の精が俺の肩

を叩《たた》いて呼びかけてくる。頻繁に肩を叩かれるので仕方なくエックスを解呪してやると、エリーゼを見て顎に手を置き感慨深そうな顔をしていた。

「ふ～ん、どっかで見たことあるなぁ～って思ったら、あの子がエミーラの子孫なんだね」

「ああ……」

「ホント、エミーラとそっくり」

「あいつ《エリーゼ》は戦闘タイプじゃない」

「そうじゃなくて、かわいい顔してえっちなことに興味津々《きょうみしんしん》なと・こ・ろ」

俺はおまえが建国戦争後にエミーラから封印された理由が良く分かった気がするよ……。

そんなことより……。

「まさかとは思うが、いまのおまえの所有者は俺なのか？」

「そだよ」

平然と答えるエックスだったが、俺は正直焦《あせ》った。

「なんだと⁉　他の者が持ったりしたら代わるんだよな？　いやむしろ代わってもらわないと困る」

ケインの目の前に落とし物として放置しておけば、あいつのことだ、きっと自分の物と言い張るはずだと思っていたのに……。

「どして、困んの？　最初に封印から解いた者が所有者なんだって。その程度で浮気《うわき》するようなあたしじゃないし～。あたしみたいな美少女がノルドをご主人さまだと認めてあげてるんだよ。もっとよろこびなよ」

肘先で俺をつついて、この色男みたいな仕草をしてくるが、俺はそれどころじゃなかった。

「俺が他の奴《やつ》に貸してもその能力は使えるのか？　使えるよな、ぜったいに」

「ムリムリムリ～」

「名義変更とかギルドに行けばできるんだよな？　できないとか言わないよな？」

「できないよ。ちょっとさ～、あたしをそんな浮気者みたいな言い方しないでくれる？　ノルド一筋なんだからねっ♡」

俺は思わず額に手を当てて、天を仰いだ。

前世も含めて、ゲームでこんなにも最強武器を手に入れて、悲しかったことはかつてない。

「どうしたの、ノルド。そんなにあたしを物にしたのがうれしかったの？　だよね！　世界最強のエックスちゃんだもんね」

おまけにマジでウザい。

それよりも目に余ったのが……。

「とりあえずだな……全裸でうろうろするのはどうかと」

「もしかして、ノルドがあたしに服買ってくれんの？」

「鞘《さや》が服になるんだったか？」

「うん！　そう！」

エックスが他の奴に握られるのを頑《かたく》なに拒否するので、鞘を作るついでに仕方なく聖剣エクスカリバーのレプリカをあの辺りの巨岩に刺しておいた……。

あとはケインを呼び出せばいいだけだ。

さっそく俺は手紙をしたためる。

ケインさま
入学当初に一目あなたを見たときから胸が苦しくてたまりません。苦しいはずなのにあなたの一挙手一投足が気になって、眠ることもままならないでいます。
あなたを遠くの陰から見守るだけでは堪えられそうにありません。こんな手紙であなたの気を引こうとする私ですが、どうか学院内の伝説の聖剣の下へいらしてくださることを心より願っています。

真の勇者さまの再来を望むノルンより

エロゲの主人公だけあり性欲は強いほうのケインだから、エリーゼが俺を籠絡《ろうらく》しようと離れているいまなら、簡単に落ちるはずだ！

女の子にラブレターをもらおうものなら、確実に食いついてくるだろう。書き終わると、俺はすぐさまケインの部屋のドアの隙間からラブレターを差し込んでおいた。

それにしても参ったな。

俺、二刀流のスキルあったかな……。

ああ、あったわ。

ステータスを確認すると、

【闇刻二刀流】

説明しよう。

暗黒騎士の剣技スキルだ。

特に聖剣と魔剣のコンビネーションにおいて、もっと効果を発揮するぞ！


ムカつく書き方の癖にきょうびのソシャゲより雑な解説文で使えそうなのか、使えなそうなのかまったく分からない。

厨二病《ちゅうにびょう》っぽいスキルで使うのが躊躇《ためら》われるけど……。

――【ケイン目線】

なぜなんだ！

ボクがエリーたんを助けるはずが、ノルドが彼女を助けてしまうなんて！

田舎から王都のスラム街に出てきて、初めてエリーたんに出逢《であ》ったとき、女神さまが本当にいるのかと思ったね。

そんなボクだけのエリーたんをノルドはあろうことか、ボクを騙《だま》して奪い去っていってしまった。あいつは見るからに女の子からモテて、ボクの目をつけた女の子を横から奪い

取る卑怯《ひきょう》極まりない人間のクズだ‼

あああっ！

ボクは特待生扱いで勇者学院に残れることになったけど、エリーたんは学費が払えなくて、まさかまさかノルドに買われてしまうなんて‼

くそう……ボクにエリーたんを買い戻すお金があれば、おパンツ見せてもらったり、おっぱい見せてもらったり、果てはヤらせてもらったりするのにぃぃぃぃ――‼

はぁ、はぁ……。

いま頃、エリーたんはノルドに強制されて、服を脱がされたり、身体《からだ》を舐《な》められたり、果ては乙女の貞操まで奪われてしまっているに違いない！

エリーたんはボクのモノだったのにぃぃぃぃぃぃ――っ！

ノルドから奪い返したら、エリーたんが奴にされた酷《ひど》いこと、ぜんぶ上書きしてやるっ！

それになんだよ、あの測定器の故障に威力の不正は！　どうせ、公爵家の金に物を言わせて、事前に壊れやすくしてたんだ。

ああ――っ！

いま頃、エリーたんはノルドにあられもない姿にされて、「おほっ！　おほっ！　おほおぉんっ！」って言わされちゃってるんだぁぁぁ――――！

勇者学院に入りさえすれば、ボクはエリーたんを正妻に迎え、他の女子生徒とヤりまくりの計画がぁぁぁ――――‼

はぁ、はぁ……。

しまった！　大枚叩いて描いてもらったエリーたんの肖像画に涎《よだれ》がかかってしまってるううう！

さ、最悪だ。

全力で拭き取ったら、ボクのエリーたんが破れてしまった。

ぜんぶノルドが悪いんだ！

くそっ、こうなったらノルドから奪い返して、ホンモノのエリーたんにマーキングするしかないッ！

ボクが最悪の時を迎えているときだった。ドアの隙間から手紙が差し込まれていた。

――おほぉぉぉぉぉ――――っ！

急いで手紙を取りに行こうとしたら、ゴミ箱に足がはまってしまい、転んで股間をテーブルに強打してしまう。

地獄の苦しみからようやく解放されてドアの外を覗《のぞ》いたけど、すでに誰もいなかった。

手紙を見ると……。
マ、マジ⁉
ノルンちゃん！
いますぐ未来の勇者のボクが逢《あ》いに行ってあげるからね～！

——学院内の伝説の聖剣の下。
入学当初と若干岩の形が変わったような気がするけど、相変わらず聖剣は抜かれないま
ま。ボクが必ず引き抜いて、ボクより弱いくせに偉そうにしている貴族たちを跪《ひざまず》かせて
やる。
ボクは強打した股間のことなどすっかり忘れて、学院の裏の丘にある聖剣エクスカリバ
ーの刺さった岩のところまで来ていた。
聖剣のまえには長く艶々の黒髪の女の子が立っていた。
あれ、あんな子いたっけ？
ボクに背を向けているので顔は分からないがスラリと伸びた長い手足に細くくびれた腰
回り、後ろ姿からでももの凄《すご》くスタイルの良い子だと分かる。ボクは早く彼女の顔が見た
くて堪《たま》らなくなって声をかけた。

「もしかして、キミがノルンちゃん？」

「あっ、ケインくん。本当に来てくれたんだぁ～、うれしい」

かっわいい～！

声をかけるとヒラリと短いスカートがなびいて、健康的な太股が覗く。ボクに告白してきたノルンちゃんの待望の顔が見えた！　切れ長の蒼《あお》い瞳、鼻筋の通った顔立ちは一見ツンとした印象を受けるのに口調はとてもフレンドリーだ。

これは確実にヤれる！

そう踏んだボクはノルンちゃんの手を取りながら、口説きにかかった。

「ねえ、いいでしょ！　キミ、ボクのことが好きなんだよね？　だったら、キスくらいしたっていいよね？」

「えっ⁉」

ノルンちゃんはボクの先制攻撃にびっくりした様子だったけど、図書室で読んだ『童貞でもヤれる！　女の子を口説き落とす百のテクニック』に書いてあったいわゆる吊《つ》り橋《ばし》効果って奴だ。

「将来有望なボクの子種をキミにあげるんだから、いいよね！　ね！」

ノルンちゃんはう～んと唇に指を当て、少し悩まし気な表情を浮かべたあと、聖剣を指差して言った。

「分かりました。ケインくんが聖剣を抜けたら、えっちしてあげてもいいです」

マジ⁉

本当にチョロインっているんだ！

ノルドはボクに嘘《うそ》ばかりついていたけど、それだけは仕方ないから信じてやってもいいかなって思った。

「ほんとに⁉　抜く抜く！　すぐ抜く！　一気に抜く！」

ノルンちゃんが後ろから見守るなか、聖剣の柄《つか》を両手で摑《つか》み、力を思いきり込めた。

タラララッラ――――――――ッ♪

ボクはついに聖剣を手に入れたのだ！

「これでノルドに勝つる！　あれ？　あれ？　ノルンちゃん？　どこに行ったの？　ねえ、隠れてないで出ておいでよ。ボクの本当の聖剣を見ていきなって～！」

抜いた聖剣の切っ先を天高く掲げて、振り向くとさっきまで応援してくれていた彼女の姿が見当たらない。

――【ノルド目線】

「将来有望なボクの子種をキミにあげるんだから、いいよね！　ね！」

このクズ童貞……マジしばきて――――！

くっ⁉

ファーオン♪　ファーオン♪　ファーオン♪

アラートが俺の脳内で鳴り響いた。


ステータス異常発生！

【頭痛】【吐き気】【悪寒《おかん》】【めまい】【幻覚】【毒】【痺《しび》れ】【震え】【虚無感】【幽体離脱】


なんとか魂が身体から抜け落ちそうになっているのを戻して復帰したが、ケインのキモさがここまでだったとは思わなかった。

ノルンの正体が俺とも知らず、ぐいぐい迫るケインのキモさに、いますぐにでもオロロロロロロロロロロロロロロロロ────！　してしまいそうだ。

「これでノルドに勝つる！　あれ？　あれ？　ノルンちゃん？　どこに行ったの？　ねえ、隠れてないで出ておいでよ。ボクの本物の聖剣を見ていきなって〜！」

ケインがエクスカリバーがレプリカだとも知らずに頑張って抜いている間に、俺は気持ち悪さから木陰で虹汁を吐き終えた。

それとほぼ同時に俺の変身は解けてしまう。

「ふう〜。やはり男に【変身魔導】は応えるな……」

変身は魔女っ娘《こ》の専売特許みたいなところがあるらしく、Sランク相当の魔導師でも男の場合、維持するのは十秒と保《も》たない。

まあ俺は五分程度なら大丈夫だから、ケインを誘い出すくらいはできたのだけど……。

つか、ケインはあんな女癖が悪かったか？

ノルンが俺とも知らずに無理やりキスしようとれろれろ舌を出してくるとか、男の俺でもキモすぎんぞ。

ノルドは悪辣ではあるものの、もうちょっとスマートに女の子を落としてたんだけどなぁ。

あんなところ誰か他の女の子にでも見られていたら、ケインの学院生活は破綻してしまうんじゃないだろうか……。

まあ、それは杞憂《きゆう》ってものか。

あとは中間試験の対戦で俺がケインとの勝負に負ければ、エリーゼはケインの下へ行ってくれる。俺も枕を高くしてぐっすり眠れるってもんだ。

まあ、あの百年の恋も液体窒素くらい冷えてしまいそうなキモさはなんとかしないといけないけど……。

そして俺はワルドよりひとつだけ上位の五番手の勇者として学院を卒業とともに辺境開拓へ旅立ち、のんびりスローライフを送る。

まさにパーフェクトな計画だ！


――――数日後。


俺たちは夏休みをまえにテストとしての実技演習を迎える。

俺の睨《にら》んだ通り、聖剣……と言っても偽物《にせもの》だが、それを手にしたケインは恥ずかしげもなくクラスメートたちにドヤ顔でイキりまくっていた。

実情を知る俺からすれば実に滑稽で微笑《ほほえ》ましい光景だったが……、

「ノルド！　ボクはキミとの対戦を希望する。今日こそ、キミを倒してこの手にエリーゼを取り戻す！」

「ククク……笑わせてくれる。聖剣を手に入れて勘違いでもしたか？　よかろう、このノルド・ヴィランス、おまえに負けた暁には勇者学院を去ってやる」

おお！　最高にいいぞ、この流れ。

聖剣を手に入れたケインにわざと無様に敗北して、俺は辺境で人目を避け、隠れ住むようにスローライフを送るんだ。

だが俺の目論見《もくろみ》は対戦当日、脆《もろ》くも崩れ去ってしまった……。

もちろん、そうなった原因は目の前のケイン《大馬鹿者》。

俺は額に人差し指を当てて、ケインを挑発する。

「くやしかったら、その手に持った聖剣とやらで俺を射貫《いぬ》いてみろよ。ここだ、ここ！

よく狙えよ、三下」

【聖剣技！　グランド・ケイン・アタック！】

必殺技に自分の名前を入れるなよ！　つか、ちょ、おま、どこ狙ってんだ――――っ！

碌《ろく》に聖剣を扱えないまま、俺に勝負を挑んだケインは、わざわざ俺が闘技場の中央という必殺技を当てやすいところにいるのにも拘《かか》わらず、盛大に外してしまった。

ケインの必殺技の余波は俺から逸《そ》れて、観客席にいたエリーゼに向かってしまう。

俺はエリーゼのまえに壁を築いて、彼女に攻撃が当たらないようにした。

【黒の障壁《シャドウウォール》】

ケインの弱々メンタルだとエリーゼを傷つけたとかで自分から闇落ちしてしまいそうだったから。

――この野郎！　貴族が憎しで、闘技にかこつけて殺しに来るとかふざけんな！

――そうよ、そうよ！　おまけにエリーゼさままで傷つけようとか信じらんない！

――ケイン、サイテー！

――サイテー、ケイン！

俺とケインの闘技を見ていた生徒たちから凄《すさ》まじいブーイングとゴミなどの物が飛んできたが……。

「みなさん、ご静粛に！」

さすが聖女候補筆頭と言うべきか。エリーゼが立ち上がると生徒たちの、闘技場が地鳴りするほど酷《ひど》いブーイングが、ピタリと収まった。

「みなさんの仰《おっしゃ》る通りです」

おお、ここでケインを擁護する発言が出るんだな！　そうだ、エリーゼ、早く言ってやれ。そして俺をけなすんだ。

「仰る通りケインはサイテーです」

「は？」

「ノルドさまと正々堂々戦うことなく、観客席に攻撃を打ち込み、その隙にノルドさまを狙うという卑劣極まりないことを平然とやってのける……魔族いえ、魔獣以下の者です！　先生！　即刻、彼を反則負けにしてください」

「エリー！　ボクはただキミを無理やりメイドにしたノルドが許せなくて……」

「酷い！　ノルドさまは私の名誉を思い、メイドになったなどふれ回ることはなかったのに、あなたがみんなのまえで私に恥をかかせるなんて……」

「あ、いや、あれはケインが目測を誤っただけで、そんなつもりはなかったと思う。それにエリーゼが俺に雇われていることはみんな知ってた」

あまりにもケインが不憫《ふびん》すぎて、俺は彼を擁護してしまっていた。

「ケイン！　これがあなたとノルドさまの格の違いです。ノルドさまは私はおろか、あなたまで庇《かば》ってくださったのですよ。ああ……なんて素晴らしいお方なんでしょうか」

――あおおおお――！

――エリーゼさまの言う通りだぁぁ！

――わたし……うるっときちゃった……。

――ノルドさまとエリーゼさまの信頼と実績の証《あか》しだよね。

って、みんなその程度で泣くこたぁねえだろ！

きょろきょろと辺りを見回したドアンは俺の意向など汲《く》むことなく……、

「観客を巻き込んだケインを失格とする！」

「「は？」」

勝手に決着がついてしまったことに俺とケインは呆然《ぼうぜん》としてしまっていた。

はあ……なんてことだ。

平然を装《よそお》い、俺は闘技台から降りたが観客から歓声が飛んでしまう。

――ノルドさまは観客に危険が及んだことで悲しまれている……。

――なんて慈悲深いお方なんだ……。

違うよ、ただスローライフが送れないことが悲しいだけだから。

しかし意外なことが起こった。

闘技が終わって舞台から降りて行ったあと、エリーゼは俺ではなく、ケインの下へ駆けていく。

ああ、口では厳しいことを言って、ケインに貴族社会を分からせ精神的に鍛えようとしていたんだな。

俺はひと安心して、俺に向けられるスタンディングオベーションに応えることなく闘技場を立ち去ろうとしていたときだった。

パッシ――――――――ン‼

「ケイン……私は心底あなたを見損ないました。エリー、エリーとしつこく迫りながら、他の女の子に無理やり口づけをしようとするなんて！　おまけに口に出せないようなことを宣《のたま》うとか……。あなたは本当に最低の勇者候補です！　ノルドさまの紳士的かつ禁欲的なところを見習ってください！」

えっ⁉

あれ……俺が女の子に変身して、ケインに嘘告《うそこく》しようとしたとこエリーゼにばっちり見られてたじゃん……。

第6章　真夏のアバンチュール

試験が終わり学院の掲示板に張り出された成績順に、俺はチベットスナギツネみたいな虚無感にあふれた目をしていたに違いない……。

初等科　総合成績発表
超最優秀　ノルド・ヴィランス
優秀　エリーゼ・マグダリア
優等　グレン・エンジョー
・
・
・
劣等　ケイン・スォープ

どうしてこうなった？

俺は低過ぎず、高過ぎず、という普通の成績で良《い》いと思ったのに、ほとんどケインのやらかしとエリーゼの勘違いで春学期の成績がヤバいことになってる。

「ウォォォォ――――！　おれが優等なんて奇跡だぁぁぁ――――！　ああっ、ノルドさまとエリーゼさまの真下の成績とか熱すぎるぅぅぅ――――！」

俺が頭を抱えてうなだれる横でグレンの奴《やつ》が熱過ぎる元男子プロテニス選手ばりに暑苦しくて、俺の脳は溶けそうだ。

「ああ……ノルドさまは百年に一人という超最優秀に成られても、まったく満足されていらっしゃらないのですね。なんという向上心の固まりのようなお方なのでしょう！」

違うよ、キミとケインが俺の思った通りにくっついてくれないから、頭痛が痛いんだ……。

甲斐甲斐《かいがい》しく俺の部屋に通い詰め世話を焼き、同級生たちからは「もう通い妻でいいんじゃね？」などと言われると頰を赤らめ、はにかむようになったエリーゼがまた盛大に勘違いを起こした。

少なくとも、いつもべったり俺にひっついて、いつ勉強しているのか分からないエリーゼのほうが実はすごいと思うのだが……。

「ふん、見くびってもらっては困るな。俺の実力はまだまだ先にある！　いずれ、おまえらに俺の真の実力を見せてやるからな」

「はい！」

修正力が働いて、俺は腰に手を当て周囲に威張り散らしてしまっていた……にも拘《かか》わらず、エリーゼは俺の話にきちんと耳を傾けて感心している。

なんて素直なんだろう！

はっ⁉　俺がエリーゼに絆《ほだ》されそうになっていたときに気づいた。

もしかして、エリーゼは俺を調子に乗らせて、自滅するのを狙っているのか！

危うく天使のような笑顔に騙《だま》されてしまうところだった。だが俺は前世において思わせ振り女子の行動をすべて、一体いつから――――俺に気があると錯覚していた？

まったくエリーゼのような美少女が掛け値なしに惚《ほ》れてくれるはずがないんだよ。

「貴様らぁぁ――――！　夏休みだからといって、家に戻って羽目を外しすぎるなよ！　とくに勇者学院で学んだ者は比べものにならん力を有していることを忘れるな！」

俺たちが掲示板のまえで騒いでいるとドアンが夏休みまえの先生らしいことを宣う。

おまえもな！

といった具合にドアンを睨《にら》むと奴はぶるるっと震え、意図的にこちらから視線を外している。そうかと思うと俺とエリーゼ以外の生徒たちに早く講堂へ向かうよう威圧していた。

生徒たちが講堂に集められ、リリアンはクラーク博士の銅像のような指差しポーズを取りながら、言い放った。

「夏を制する者が勇者とならん！　以上だ」

なんかホットリミットスーツを着せたくなるような訓辞だったな……。

やたら早く締めたところをみるとこのあと、舞踏会かお茶会でもあるんだろう。

終業式をつつがなく終え、俺はゆっくり夏休みを迎えるはずだったのだが、事件が起こった。

「俺はヴィランス家に帰る」

「はい」

部屋で旅支度をしようとすると、エリーゼは隣で両手を胸元に置いて、不安げな表情を浮かべていた。その後、エリーゼは制服からメイド服に着替えたかと思ったら旅行かばんひとつ持って、立っている。

「そうか済まない。気が回らなかった。金ならくれてやる。とっとと伯爵家へ戻って親孝行でもしてやれ」

一万枚の金貨が入った袋を彼女へ渡そうとすると全力で首を振る。

「ふん、足りないと言うか……強欲な奴め。なら二万枚ならどうだ？」

「違います！　お金じゃありません！」

「なら宝石か？　アクセサリーか？　待ってろ、道中にある適当な店で買い与えてやる」

彼女はぶんぶんとまた強く首を振った。

「ノルドさまとごいっしょしたいのです」

「なんだそんなことか」

って!?　なに言ってんの、エリーゼ？

――――【エリーゼ目線】

ああっ！　ノルドさまのお屋敷《やしき》へゆくのは二度目……。

あのときとはまったく違い、いまの私はノルドさまに飼われているようなもの。

いつノルドさまに求められても良いように勝負下着というのでしょうか、リンが童貞を殺す下着なるものを教えてくれたのですが、ノルドさまは私を犯すどころか、強い言葉をときおり仰《おっしゃ》るものの、その態度は淑女に接する紳士そのものです。

過去に大罪でも犯したかのように露悪的に振る舞うノルドさま……私に彼の背負う過去を推し量ることは到底できませんが、彼に寄り添い少しでもその罪を知り、共に背負うことができないか、そのように思うようになりました。

お辛《つら》いと思うのにそのことはひとことも吐露されることがありません……。これはまだまだ私とノルドさまの距離が遠いから。

もっとノルドさまのことを知りたい。

二人でひとつに溶け合うくらいに……。

――【ノルド目線】

「なぜ二人ともこっちに座る」

屋敷への帰り道、馬車の座席でエリーゼとマリィは俺の両隣に座ってくっついてくる。

ぷにっ、ぷるん♪

二人並んで座るぐらいなら余裕だが三人だと肌が密着してしまい……俺の腕に当たる美少女二人のたわわ。

「まりぃはお兄しゃま成分を補給しないといけないのら」

「馬車は揺れますので、こちらのほうが良いかと思いまして」

いや揺れてるのは二人のおっぱいだよ……。

身体《からだ》は大人、心はロリなマリィが甘えたがりなのは仕方ないにしても、エリーゼが恥じらいながら密着してくるのはいつまで経《た》っても緊張してしまう。

どこがとはいわないが……。

二人にズボンが膨らんでいるのを悟られないよう慎重に立ち上がり向かいの席に座ると、マリィはたったたっと駆け寄り、俺の隣に席を確保してしまう。

「きゃっ！」

エリーゼもマリィの真似《まね》をしようとしたのだが、偶然馬車の車輪が小石を踏んだのかガタンと揺れてエリーゼの身体が俺に向かって倒れてきた。

「ノ……ノルドさま、こ、これは……」

とっさにエリーゼの身体を受け止めたのだが、彼女を抱えたまま後ろに倒れてしまう。

俺の膨らんだ股間をすっぽり覆うエリーゼの母性の象徴。着衣のうえからでもはっきりと分かるその柔らかさにあそこはより硬く、脳は蕩《とろ》けそうになっていた。

「もう大丈夫だろう。いつまでも俺にかぶさるな」

あまりの気持ち良さに口角からよだれが垂れそうになるのをこらえながら、言葉を絞りだした。

言葉よりも俺の欲情がエリーゼにより絞りだされそうになっているのは内緒だ！

「申し訳ございません。ノルドさまにこんなはしたないところを」

だが俺の股間に覆いかぶさったままのエリーゼのたわわと馬車の揺れという合わせ技により、互いに着衣だというのに昇天しそうなくらいぎもぢいい！

はあ……はあ……。

つ、強い……。ウブな顔して、なんというエロ聖女！

アオオオオオオッ！

もうひとこすりといったところで馬車が急停車してしまう。

なんという恐ろしいＯＰＩ《おぱい》だ……。助かったのか、残念だったのか判断に迷うところであるが。

あのままエリーゼからゆさゆさされていたら、俺のキリマンジャロが白い噴煙をあげていたところだ。

馬車のなかにまで声が響いてくる。

「オレたちのシマを素通りしようとか舐《な》めてんのか？　ちゃんと通行料を支払ってもらわねえとなぁ！」

停車した理由は簡単、俺たちの乗る馬車の周囲をいかにもヒャッハー！　とか言って手荒く歓迎してくれそうな盗賊どもが取り囲んでいたのだ。

俺は客車《キャビン》の前の窓から周囲を覗《のぞ》く。御者を務めるモランが俺の手を煩わせたくなかったのか慌てて伝えてきた。

「ノルドさまっ！　ここは私が……」

「モラン、おまえはマリィの側にいてくれ。俺は野人どもと話してやろうと思う」

モランは俺の言葉に頷《うなず》き、御者席の護身用の剣を手に取る。

「お兄しゃま！」

「ノルドさま！」

心配する二人に「なにがあっても客車から出るな、身を低くしていろ」と伝えると俺は外に出た。

「いつから街道がおまえらのシマになったんだ？　俺は知らんな」

「今日からだ！　お楽しみのところ悪いが貴族さんよ。その美人二人と身包《ぐる》みぜんぶ置いて、立ち去ってくんね？　そしたら、あんたの命だけは助けてやんよ」

エリーゼとマリィがそーっと窓から外を覗いているのが見える。

「あれれ？　変な人たちがいないのれす」

「ええ……どうしたということなのでしょう？」

突然エリーゼとマリィのまえから姿を消した盗賊たち。エリーゼとマリィはきょろきょろと辺りを見回し、なにが起こったのか分からないといった様子だった。

「面白いことを言う。もうすでにおまえらは、ここにはいないというのに……」

「なにを馬鹿なことを……っ⁉」

「いま気づいたか」

盗賊が蛮刀を抜いて俺に切りかかろうとすると、彼らはなにもないところで頭や足をぶつけてしまう。

向こう側からは俺の姿が見えるが、俺以外の者は元のままの景色が見えているだけだからな。

俺の家族を奪おうとしたその罪は重い。

俺の暗黒魔導【断界】により、盗賊百人を封じ込めた。

「せ、狭いぃぃぃぃ――‼」

「大丈夫だ。直に馴《な》れる。百年ほど入っていれば、魔導が解けるしな」

「それじゃ、死んじまう！」

「それより食料はっ？」

「あるじゃないか、おまえらという食べ物が……」

【断界】は百人入っても大丈夫！

「お兄しゃま、頭悪そうな奴《やつ》らはどこなのら？」

「ノルドさま、さっき襲ってきた人たちはどこへ……？」

「なんてことはない。さっきのは俺の作った幻影だ。勇者学院の生徒たる者、いつでも備えが必要だからな。気を抜くな……という意味だ、ははは」

ちなみに俺はエリーゼから精を抜かれそうになっていたけど……。

あんな人間のクズどもをエリーゼはともかく、マリィに見せ続けるのは忍びなくて、お茶を濁しておいた。

なに巨悪が小悪党を呑《の》み込んだにすぎないのだから。


俺たちの乗る馬車がヴィランス公爵領へ入ると状況が一転した。

「モラン、俺の歓迎など不要と伝えておいたはずだが？」

「申し訳ございません、ノルドさま……領民たちが勇者学院で好成績を上げられたノルドさまを是非歓迎したいと……」

沿道には領民たちがぎゅうぎゅうに押し寄せていた。

わざわざ出迎える必要なんてないし、ゆっくり休んでてもらおうと俺は領民たちに声をかけようとした。

「愚民ども、よく聞け！　俺の出迎えなどしている暇があれば馬車馬のように働け！　そして、ヴィランス家にもっと税を納めろ！　分かったら、つまらぬ集まりをすぐに解散しろ」

ひいっ⁉

ノルド語に変換され、声をかけるというより邪魔者扱いしたうえにさらに働けなどと煽《あお》ってしまう。

ど、どうしよう……。

彼らが怒って俺たちを襲ってきたら。

盗賊たちとは違って、彼らは俺を歓迎しに来てくれたのだから……。

「うぉぉぉぉぉ――――――‼」

「ノルドさまが我らに直にお声がけしてくださったぞ！」

「歴代の領主さまは我々のことなど奴隷……いやそれ以下の虫けらだとしか思ってなくて、声など一度もかけられなかったのに！」

へ？

「おまけにおれたちに頑張るように、と励ましてくださるなんて……」

「ワルドさまには悪いが、早くノルドさまに代替わりしてくんねえかな～」

「しっ、声がデカいって」

結局俺たちはマラソンのランナーのように、沿道に詰めかけ旗を振って応援してくれる観客みたいに連なった領民たちから歓迎され、屋敷に戻った。

「ああっ、まるでノルドさまと結婚式を果たしたかのような歓迎ぶりですぅ」

エリーゼが頰に手を当て、よろこんでいるようだったが、聞かなかったことにしておく。

俺は父親で現当主のワルドより人気者になってしまい、困ったことになったと思っていた。屋敷《やしき》に到着するなり、ワルドに呼び出され指示を受けてしまう。

「ノルドよ、私に代わりメタミン村の徴税を行え！」

俺は思い出す、ノルドが行った悪行とその顚末《てんまつ》を……。

『成勇』のなかで明確にノルドの悪行が描かれたのが、メタミン村でのことだった。

――――【回想】

「おまえの村だけが未納だが、いつになったら支払えるんだよ！」

メタミン村の村長が住む粗末なテントに居座ったノルドは浅く腰掛け脚を組んで横柄《おうへい》な

態度を取ると目の前のテーブルを蹴飛ばした。

村長がなにもかも失ったなかで精いっぱいのおもてなしをしようと出したハーブ茶の入った木製カップが転がって、熱いお湯が村長へかかるが村長は熱さを必死にこらえて、土下座の姿勢を崩さない。

「お父さん！」

「おまえは下がっていなさい」

火傷《やけど》を心配した村長の若い娘が駆け寄るが、彼が制止して妻に娘を任せた。

「ノルドさま、どうかお許しを……先の洪水で堤防が決壊し、畑だけでなく備蓄までもがすべて水につかり、日々の生活にすら困っているのです……」

ノルドは親指を立てて横に寝かせると、スッと自分の首のまえで線を引く。

「ああ？　知ったこっちゃねえよ！　俺たち領主はなぁ、毎日命がけでおまえら領民を魔族の脅威から守ってやってんだ。税はその対価だ。それが支払えねえ奴らは生きる価値はねえ！」

「もちろん存じております。ですがこの有り様でとても税など……」

「んじゃぁ、初夜権を使わせてもらおうか、おまえの娘はいくつだ？」

ノルドは舌なめずりしながら村長に訊《たず》ねると、ノルドの意図に気づいた村長は土下座からさらに地面に額をこすりつけるように懇願する。

「それだけはどうかお許しください！」

「なんだぁ、不満なのかぁ？　この俺がいち村娘に種付けしてやろうって言うんだ。むしろありがたがってもらわねえと困るんだがなぁ‼」

ノルドは母親を蹴飛ばし、十代前半と思《おぼ》しき娘の手を引いて、用意したテントに引きこもった。


――――い、いやぁぁぁぁ――――っ！


テントから娘の悲鳴だけが響いていた。

「もうここも用済みだな」

ノルドの引き連れた取り巻きの貴族や従者たちがズボンのベルトを留め終え、ノルドが証拠隠滅とばかりに手のひらに黒い焔《ほのお》を出したときだった。

「ノルドォォォォ――――！」

いきなりケインが聖剣を持って斬りかかってきたのだが……。

聖剣の力が引き出せずにケインはノルドに敗れて、次のシーンに移ったとき、切り絵のように真っ赤なバックと真っ黒な木とそこにぶら下がった人のようなモノが映し出されて、俺にとってトラウマになってしまっている。

はあ……。

村に行くのは、すんげえ気が重たい。

社畜前世も職場に行くのが辛《つら》かったが、俺が村で善い行いをしても修正力によって胸糞《くそ》にされるかもしれないって考えただけで足が遠のく。

まったく代々言うことを聞かない街や村への制裁はヴィランス家の令息の役割とかつらたんすぎんだろ……。ゲームのようなことになるなら、まだ学院で過ごしていたほうがマシってもんだ。

俺の重たい気持ちとは裏腹に馬車は進みを止めることなく、メタミン村の外れまで着いてまう。

あれ？

洪水で土地が荒れまくっているどころか、村の畑一面が野菜の緑や小麦の黄金色に覆われ、マジ肥沃な土地って感じがする。

なんで寒村だったのに肥沃な土地になってんの？

ドラケン川は氾濫のはの字も見つかんないし……。

おまけに……、

「――ノルドさま～！」

「――ご令息さまの馬車だぁぁ――――！」

「――ありがとうございます～！」

農作業していた村人たちが黒狼《おおかみ》の紋章の描かれた俺の馬車に向かって手を振っていた。

俺、なんかしちゃいましたっけ？

もしかしたら俺を村総出で歓迎し、油断させておいて、飲食に毒を忍ばせ苦しんだところでズブリという策略なのかもしれない。

危険が危ない。

エリーゼもそうだが、危うく騙《だま》されるところだった。

馬車は村長の家のまえで止まる。

ゲーム内ではいかにも着の身着のまま避難してきましたという地べたのテント暮らしだったが、いま俺の見ている家はまったく違った。

貴族のお屋敷に比べれば飾り気のないものであるが、石とモルタルでできた二階建ての住居で俺の前世の実家よりはるかにデカい……。

結局村人たちは農作業を止《や》めて、馬車のあとを追ってきて、村長の家のまえに止まった俺と馬車を家のなかから出てきた者たちといっしょに取り囲んでいた。

手に松明《たいまつ》やら刃物やらは持ってはいなそうであったが、歴代のヴィランス公爵家の令息とノルドの悪行から考えても安心するのはまだ早い。


俺は剣の柄《つか》に手を置き、警戒しながら村長の屋敷へ入った。家のなかは貴族の贅沢《ぜいたく》ぶりとまではいかないものの、ひと通り家具は揃《そろ》えられ、絵画と壺《つぼ》が置いてある。

俺が席へ着くなり、『成勇』のときのように村長は理由を教えてくれた。

「ノルドさまが村にお立ち寄りの際、川底を深掘りしてくださったおかげで我が村は……いえ近隣すべての村が洪水知らずです」

立ち寄ったというより、ガリアヌスで激流を真っ二つにしながら、修行していたような気がする……。

「ではなぜ税を滞納したのか申し開きがあるなら言ってみろ！」

「はい、ノルドさまがお戻りになると聞いて、納税とともに感謝の言葉をお伝えしたいと思っていたのです」

つまりサプライズってこと？

飲めや歌えやの歓待を受けてしまった俺。食事に毒が盛られているなんてことはなく、ふつうに旨《うま》かった。

村長の家に泊まっていくよう懇願されたので、ベッドの傍《かたわ》らに二振りの剣と両手の四本の指にはミスリル製の指輪をはめておく。

メリケンサックよろしくいつでも全力でぶん殴れるようにだ。

加えて寝間着代わりに【魔闘外皮《アームスーツ》】をまとって寝れば、いつ敵が襲ってくるかもしれない状況で、敵が予想より多い日も安心できるだろう。

うとうとしているとドアの向こうに複数の気配を感知した。

「ククク……分かりやすすぎて、笑えてくる」

どうやら寝込みを襲おうって算段らしいな。

不埒《ふらち》な輩《やから》を誘い込むため狸寝入《たぬきねい》りを決め込んだ俺。部屋の鍵が開いたかと思うと、そーっと数名の者が入ってくる。かと思ったら俺のベッドの横で添い寝し始めていた。

えっ⁉

「あの……ノルドさまはどんな娘がお好みなんでしょう？」

耳元でささやかれて、妙にくすぐったい。

俺は寝具をまくって飛び起きるとさらに驚いた。

混ぜるな危険！

「百歩譲って村娘たちの夜這《よば》いはいい。だがそのなかに人妻を混ぜるのは止めろ！」

美魔女って感じであるものの村長の奥さんなど数名が混じっていたのだ……。

「ノルドさまは凄《すさ》まじい性豪、絶倫と聞き及んでおりましたので……」

はあ……。そこはゲーム通りのうわさが流布《るふ》してしまってるんだな。

とにかく村娘とそのプラスアルファを宥《なだ》めようと思っていると俺のベッドにしれっと女の子座りしている者と目が合った。

「はじめまして、エリです♡」

「白々しい真似《まね》をするな！」

「バレちゃいました？」

「そんなのすぐに分かるに決まっているだろう」

おいこら！　エリーゼ！　村娘のなかにこっそり紛れこんでんじゃねえよ！

「わあっ！　変装していてもノルドさまは私のこと、ちゃんと分かってくださるんですね、うれしい！」

「……」

天然なのか、純粋なのか、策士なのか、俺にはエリーゼがなにを考えているのかさっぱり分からなかった……。

村娘たちは半ば強引に帰らせたが、ぐいぐい来るエリーゼの押しに呆《あき》れて、俺は返事してしまう。

「俺はもう疲れた……好きにしろ」

「ありがとうございます、ノルドさま」

エリーゼは優しげな眼差《まなざ》しのなかに、弾む声色からも分かるようにうれしさが混じった笑顔を俺に向ける。彼女の笑顔を見る限り、さすが聖女最有力候補と目されるだけある。

ただ俺に向ける笑顔の裏ではケインと結託して、俺の命を狙っていると考えるとやはり警戒を解くわけにはいかないだろう。

ノルドが彼女を調教したとはいえ、堕天したような闇堕ち顔で何度も心臓を抉《えぐ》ってきていたのだから……。

そんな狂気に満ちたゲーム内のエリーゼと異なり、俺の目の前にいるエリーゼは地上に舞い降りた天使としか思えない。

村人からメタミン産の果実酒を勧められるも俺は警戒のため、断り続けたのだが……村長の娘から勧められた果実酒だけはゲーム内のノルドの悪行もあり、断るのに気が引けてしまい、ついつい酒が進んでしまっていた。

ほろ酔い気分で歓待を終え、用意された部屋に入ると夢なのか、起きているのか、判別が難しくなっていた。エリーゼより先に寝てなるものか！　と耐えていたが……。

こくりこくりと水飲み鳥のように首が揺れる。まぶたは店仕舞《みせじま》いを終えたシャッターのように閉じてしまった。

意識が一瞬途絶えたかと思うと、俺は刃向かったケインに制裁を加えており、彼は大地に仰向《あおむ》けに転がっていた。

『ククク……はぁ、はぁ……ケイン、癪《しゃく》だが誉《ほ》めてやろう。この俺をここまで追い詰めたのだからなぁ！　だが貴様は俺に勝つことなど不可能』

ケインに向かって大仰に言い放った俺だが、虚勢ましましで誤魔化し、立っているのが不思議なくらい。

しばらくしてケインが気を失ったのを確認すると一気に虚脱感に襲われ、俺も地に伏してしまった。辛《かろ》うじて寝返りを打ち、仰向けになったところにエリーゼが駆けてくる。

さすがノルドの牝《めす》奴隷。

ケインなど見向きもせずに俺を介抱してくれるのか、と思っていると俺に馬乗りになったエリーゼは訴える。

『私はあなたに無理やり犯され、あなたの子を身ごもったのに……』

エリーゼは大粒の涙を俺の頬に落としてゆく。

俺の右腕の肘から先はなく、左腕も傷口から骨が露出してしまって、ナイフはおろかポーションすら手にすることができない。足も右の感覚がおかしく、もしかしたら欠損しているのかもしれない……。

とにかくか弱く体重の軽いエリーゼの馬乗りですら重いと感じてしまう程だった。

ああ、どこかで観《み》たことある光景だ。

こいつは何エンドだったかな？

うろ覚えだが、ノルドはエリーゼを孕《はら》ませたのちに腹パンなど酷《ひど》いやり方で彼女を堕胎させている。

正直言って人間のやることじゃねえ、ってノルドにヘイトを募らせていた。

『さようなら、ノルド……あなたに人の心さえあれば私は……』

エリーゼから振り下ろされる白刃《はくじん》。両手でナイフの柄を逆手で摑《つか》み、俺への凄まじい殺意を乗せている。

『止めろ！　貴様も俺の子など望んでいなかったはずだ！　俺は貴様の望みを叶《かな》えっ……ぐはっ！　ぐはっ！　ぐはっ！』

怨嗟《えんさ》を伴い、エリーゼの一撃が俺の心臓に突き刺さる。あまりの痛みに痛覚は麻痺《まひ》しているのに身体《からだ》が勝手に悲鳴を上げていた。

もう放っておいても俺は死ぬだろうというのに何度もエリーゼから心臓に刃が突き立てられた。

『さようなら、ノルド。私は一生あなたのことを恨み続けて、この先を生きてゆきます』

『エリーゼェエエエエ……死にだぐないぃぃぃ……』

身体に残った力を振り絞り、エリーゼに手を伸ばすが届くことはなく最期《さいご》の一突きを食らい、俺の意識は再び途切れた。

はっ⁉

ん？　雨か？

いや違う。

俺はエリーゼに殺されて、目が覚めたかと思ったら、夢のなかで俺を殺した張本人が顔を覗《のぞ》きこんでいる。雨ではなくエリーゼの涙が俺に降り注いでいたのだ。

四《よ》つん這《ば》いで俺に跨《また》がるエリーゼは泣きながら訴える。

「私はノルドさまを殺《あや》めたりなんかしません。ノルドさまになにかあれば私もあなたの後を追って死にます」

まさかエリーゼは俺の寝言をすべて拾っていた？

エリーゼの瞳には俺が映っており、それほど澄んだ彼女の目には嘘《うそ》偽りなどまったくないように思えた。

どこまで彼女が俺の寝言を聞いたのか分からないが悪夢の内容が彼女に伝わったことは確かなようだった……。

「勝手に俺を殺すな、そして貴様は貴様で好きに生きろ。殉死などされたら、たとえ老衰であっても死ぬに死ねんからな！」

絆《ほだ》されたくない想《おも》いから、軽口を叩《たた》く。そのついでに彼女に真実を打ち明けようとした。

「なんせ、俺はエリーゼにころ、ころ」

「ころころ？　ああ、私に転がされちゃうのが嫌なんですね！　大丈夫です、私はノルドさまの前になんて出ません。ずっとお側《そば》にいますから」

エリーゼはくすっと笑って今後も貞淑なメイドを務めるつもりのようだったが、修正力に阻《はば》まれ、俺は真実を明かすことができなかった。

「俺の情けないところを誰かに言ってみろ、言えば貴様は解雇だ。寝たら忘れろ」

「はい！　すぐに忘れます。それではおやすみなさい、ノルドさま」

「ああ」

エリーゼは俺が幼かった頃にメイナさんからされていたおやすみのキスを落とすと俺の隣のベッドへと移る。

くそっ！　いちいちやることが卑怯《ひきょう》だ。

これ以上、絆されてなるものかとエリーゼに背を向け、思考を巡らす。

俺の知る限り、エリーゼは強い男が好きだ。『成勇』だとノルドに何度倒されても諦めず立ち上がるケインの心の強さに彼女は惹《ひ》かれたんだろう。

また俺がノルド語で強がれば強がるほど彼女の瞳は俺にうっとりしているように見えた。

俺がノルドに転生してしまった今は弱気なケインを汚物やゴキブリを見るかのような蔑んだ目で見て、毛嫌いしている。

俺は悪夢に魘《うな》されるなんて情けないところを見せたんだ。いつか彼女はきっと俺の下を去るに違いない！

秋名山を全開ケツを流しながら走っても紙コップに注いだ水がまったくこぼれることの

ないくらい完璧な作戦だった……。

朝起きると俺の予想通り隣のベッドにエリーゼの姿はなかった。

そうか、すべてが露見して、俺の下を離れたか……。

やった！

これで俺は死亡フラグを気にせず、異世界スローライフを堪能《たんのう》できる、そう思って拳を握っているときだった。

な⁉

「あううん……ノルドさま……おはようございます」

エリーゼの寝ていたベッドとは反対のほうから聞こえる声。

一体いつから――隣のベッドで寝ていたと錯覚していた？　と言わんばかりにエリーゼは俺と同じベッドで添い寝していた。しかも透け透けネグリジェなのにパンティしか穿《は》いていないというあられもない格好で……。

――【エリーゼ目線】

まさかノルドさまはそんな深い闇をお抱えになっていたなんて。氷のように私に心を固く閉ざされたノルドさま……。

少しずつ少しずつでも良《い》いので、その氷が溶けて振り向いてくださるまで、私はノルドさまのお側から離れるつもりはございません。

いまの私は地位も名誉もお金もいりません。ただノルドさまのお側にいさせて欲しいのです。

でもノルドさまの私への警戒ぶりを見るとまるで前世で私たちは大恋愛の末に悲恋の結末を遂げた恋人同士のよう……。

ああ……なら今世こそノルドさまとしあわせな結婚を望みたいです。なんて、その手の小説をちょっと読み過ぎてしまったのかも。

私にはノルドさまが立てる寝息すら、安らぎを感じてしまう。

小さかったときにお母さまから撫《な》でられながらだと安らかに眠れたことを思い出し、眠るノルドさまのベッドの傍《かたわ》らに座り、【魔闘外皮《アームスーツ》】を纏《まと》う彼を撫でたのです。

するとどうでしょう！

【魔闘外皮】はみるみるうちに剝がれて、ノルドさまは寝間着だけになってしまったのです。

そっと彼に手で触れるとたくましい胸元に思わずときめいてしまいます。

いつかノルドさまの胸元に抱かれ、顔をうずめたい。

そんな思いから、顔をピタリと彼の胸元へくっつけていました。ドクッ、ドクッと彼から伝わる鼓動に私の鼓動は速く脈打っちゃいます。

いまならもっとノルドさまを感じられるかもしれない。

そう思って目元の視界を塞いでいた前髪を耳にかけ、憧れのノルドさまの麗《うるわ》しい顔をじっと見つめました。

「私を怖がらなくてよいのです。私はノルドさまの牝奴隷なのですから……」

見れば見るほど好きになってしまいます。

もしかしたら、私の口づけでノルドさまが目を覚まされるかもしれない。

そう考えるだけで、どきどきと高鳴る胸の音を背景に。

ん。

瞳を閉じて眠るノルドさまの唇へゆっくりと私の唇を近づけて、重ねました。私のファーストキスをノルドさまに捧《ささ》げられたことでキュンと身体中にしあわせな気持ちが駆け巡っています。

氷のように透き通った蒼《あお》い瞳とは打って変わり、ノルドさまの唇にキスしただけで彼の唇は蜂蜜のように甘く、衣服のすべてが溶け落ちてしまいそうなほどの熱さを感じてしまいました。

私はノルドさまのまえでは全裸同然……。

はあ、はあ……くせになっちゃいそうです。ああん……ダメなのに……♡♡♡

私はむさぼるようにノルドさまに口づけを重ねていました。あとは剝がれた【魔闘外皮《アームスーツ》】を【修復《ヒール》】しておけば、よしです！

あとは寝ぼけたふりをして、このまま隣で添い寝したいと思います‼

――【ノルド目線】

まったくエリーゼには油断も隙もあったものじゃないと思いつつも、あって安心、【魔闘外皮】！

どこも傷物にされてないと確認を終えたときだ、

――魔物の群れだぁぁぁ――‼

村人と思《おぼ》しき者の叫び声が村中に響いてきた。

窓から外を見ると一人の村娘がゴブリンの群れに囲まれ、恐怖のあまり腰を抜かして動けないでいる。

「ひ、ひぃ、こ、来ないで、来ないでったら……」

――ギギギギ、おんな、おんな、犯す。

俺は枕元に置いていたガリアヌスを手にすると窓のまえから振りかぶる。すると鎖でつながれた剣身が分かれ、ゴブリンたちに向かって伸びてゆく。ガリアヌスは王蛇《キングアナコンダ》のごとく這《は》いよりゴブリンたちに巻きついた。

「砕け！　ガリアヌスっ！」

――アギャァァァァ‼

「締め上げろ！　ガリアヌス！」

俺のひと声で伸びた鎖が一気に縮んで剣身に絡《から》まったゴブリンたちを締め上げ、数十匹の身体《からだ》が、緑色の鮮血を散らして肉塊へと化していた。

手元に収まったガリアヌスの血振るいをしたときだ、どこからともなく現れた魔物の群れに村は取り囲まれていた。二つの川に挟まれたメタミン村の両の対岸にはおびただしい数の魔物がおり、すでに逃げ場はない。

「なにをしている。早く家に入れ！」

「あ、ありがとうございます。あなたさまは……」

「ノルドだ。見て分からないか？」

って、【魔闘外皮】着たままだったわ……。ニチアサのヒーロー物のライバルキャラみたいな変身スーツを着たままお外に出て、恥ずかしさが急にこみ上げてきた。

俺には到底人前でコスプレはできそうにない。

しかしあれだけのモンスターの数だ。場合が場合だけにそんなことを言ってられない。

もしかしたら、俺がここにいると知っている人物の差し金なのかもしれないという疑念が湧いてくるが、それよりも今はエリーゼと村人たちの安全が先決だ。

「エリーゼ、おまえはここに残り村人たちを守れ」

「ノルドさまは？」

「俺は魔物どもを狩ってくる」

「私もノルドさまと……」

俺の告げた言葉を今生の別れみたいに勘違いしたのか、エリーゼは俺の手を取り、離れたくなさそうにするが……。

「うぬぼれるな！　いくらおまえが俺に次ぐ成績を上げようとも足手まといなのは間違いない！　俺とともに戦おうと思うなら、いまの百倍は努力するんだな。分かったら、とっとと愚民どもを集めて隠れていろ」

「ですが、ノルドさま……」

「俺が負けるとでも？」

エリーゼはぶんぶんと大きく首を横に振って、俺の問いに仕草で応えた。

「どうかご武運を」

「もちろんだ。今晩はおまえと愚民どもにドラゴンステーキを振る舞ってやろう」

「はい！」

たとえ数万の魔物だろうが俺一人なら相手にならない。

が、村人たちの命と彼らが大切にしてきた土地を蹂躙《じゅうりん》されないというミッションが加わると難易度が格段に高くなる。

村の男たちとモランに守らせていたが、数が数だけにいつまでも持《も》ち堪《こた》えることは難しいだろう。

まあ、ちょうどいい。

このところ勇者学院で実力をセーブしないといけないことだらけだったので、ストレスが溜《た》まってたところだ。

俺は村の見張り台に飛び乗るとスキルを行使する。

【魔眼《ヘルズアイ》】

俺の左目の虹彩《こうさい》に魔導陣が浮かび上がり、スコープのように焦点が絞られ、対岸の様子が手に取るように分かる。

「ふん、猫の獣人か……」

先頭でモンスターたちを率いる猫っぽい耳をした女の獣人の姿を俺の魔眼が捉えた。

俺は奴《やつ》を知っている。

フラノア大陸の魔王アズライール配下の四天王の一人、マオ。

「なになに？　ふむふむ。オオグンタイアリ　ハ　クンデ　ハシヲ　ツクレだと」

読唇術《どくしんじゅつ》でマオの口元を見るとそんなことをモンスターたちに指示していた。

なるほど、悪くない。

主力の陸上型モンスターを素早く対岸に展開させるには打ってつけの作戦だろう。

俺が相手でなければ、の話だが。

大きさが子犬ぐらいあるオオグンタイアリがまるで梯子《はしご》のように仲間のアリを踏み台にして上へ上へと積み重なってゆく。

出初め式で使うような長い梯子が組み上がると奴らは一気に倒れ、オオグンタイアリの身体でできた橋がかかってしまった。

するとゴブリンやコボルトなどの小型モンスターたちが飴色《あめいろ》の橋に飛び乗って、駆け出している。

――――にんげんども狩る！

最初の一匹が対岸に足をついたその瞬間、

「残念だったな。この川の渡し賃はおまえらの命だ」

【黒円弧限界突破《ブラックプロミネンスリミットバースト》】

村側の堤防のうえに急に出現してやり、斬撃に魔導を重ねて撃ち放つ。

水面が飴色の橋で覆われ、渡河中のモンスターは身体を両断されながら黒焔《こくえん》で焼かれ、また焔《ほのお》は他のモンスターへと飛び火していた。

それだけに止《とど》まらず、俺の斬撃は対岸の堤防を切り裂いている。

「ふはははは！　S級魔物が雑魚《ざこ》のようだぁぁ！」

アフリカのバッファローが大群で渡河しようとして、流される映像が浮かんだ。多くの魔物が海へ続く川の濁流に飲み込まれ、ドナドナされてゆく。

ワイバーンやグリフォンなど飛行型の魔物が辛《かろ》うじてマオを含む地上型の魔物を摑《つか》んで引き上げていた。

一気呵成《いっきかせい》。

膨大な魔導力と禍々《まがまが》しいまでに冴《さ》える剣技で敵を瞬時に殲滅《せんめつ》するのがノルドの得意とするところ。

俺もそれに倣《なら》い……、

「山を崩し、海を斬り、空を穿《うが》つ。とくと味わうがいい、黒より冥《くら》き【暗闇の波動《メメントス》】を、な！」

ズッギュ――――――――――――――――――――――――ンッッッッッ！

俺から放たれるコ○ニーレーザーすら凌駕《りょうが》する巨大な漆黒のビーム。僅か数秒足らずだったが、上空に向けぐるりと薙《な》ぎ払うと空を覆う魔物たちは次々と蒸発していった。

【暗闇の波動《メメントス》】が魔物たちを食い、真っ黒に覆われていた空には元のさわやかな蒼さが戻った。

浮かせて落とす。

これ基本だよな。

古臭い格ゲーのセオリーでも異世界なら現役って感じ。俺の有り余る力の余波はアッカーセン王国ごと薙ぎ払ってしまうので、この作戦がいちばんだと思われた。

敗残した魔物が逃げてゆく。

やった勝ったぞ！　村もちゃんと守れたし。

しかし、またノルド語を発してしまった俺……。

「痴《し》れ者《もの》どもが！　よく聞け！　俺を倒したくば十万など数のうちに入らんな。最低でも百万は連れてこい。しかも飛び切りの精鋭を揃《そろ》えてな！」

なんで余計な煽《あお》り入れちゃうの⁉

だめだ、これ絶対に死亡フラグだよな……。

俺が頭を抱えているとエリーゼが息を切らして、俺の下へと駆けてくる。

「ノルドさま————っ！」

「あの程度の魔物、せっかく身につけた俺の剣技が鈍《なま》ってしまうな」

「ですが逃げ出した魔物たちは放っておいてよろしいのでしょうか？」

「ククク……俺が刃向かった者どもをただで生かしておくとでも？　奴らに【追跡因子《マーカー》】を埋め込んでおいたのだ。蟻《あり》の子一匹たりとも逃がしはせん」

エリーゼの心配をよそに俺は額に手を当て、その指の隙間から彼女を見て、言い放ってしまっていた。

どうも戦闘で高揚して、厨二病《ノルドびょう》の発作が出てしまったらしい。俺とエリーゼの会話を聞いていた村長が感嘆の声を漏らした。

「おお……なんと頼もしい……。やはり我らの見立ては間違ってなかった。ノルドさまはまさに黒の勇者と呼ぶにふさわしいお方です」

え？　なんすか、その黒の勇者って？

俺まだ勇者学院を卒業してないんですけど……。

それにそんないらない称号つけたら、ケインは嫉妬するし、魔王軍に狙われちゃうし、平たく言ってヤバくない？


村に平穏が戻り俺たちが家へ戻る途中、魔物たちに蹂躙されたであろうショタっぽい奴を見つけた。

その転がった身体を棒でつつく。

「返事がない。ただの屍《しかばね》のようだ」

「死んでない！」

「おお!?　生きてた……」

そういやグラハムがケインの体力をアンデッド並みにしたとか言ってたか。

「ヴィランス家の領内になんの用だ？　そのように全裸でいるとそれこそ魔物と間違われ、殺されても知らんぞ」

「うるさいうるさい！　ボクのエリーゼを大切にしないばかりか、村の女の子たちを手込めにするなんて、おまえは勇者学院にいて、いい奴じゃない！」

「俺はエリーゼに任せている。彼女が俺の部屋に来るのは彼女の意思に過ぎん」

だって、彼女に「来るな！」っても勝手に来ちゃうんだもん。もう、どうしようもねえよ。

「嘘《うそ》だっ！」

「ククク……俺よりもおまえのほうが村娘を襲っているみたいだぞ。俺を嘘つき呼ばわりするまえに、粗末なモノを隠せ。おまえの愛《いと》しいエリーゼがこちらを向けないでいる」

「はっ⁉」

俺が股間を隠すハンカチを放り投げてやると、慌ててまえを覆う変態勇者。

薄布をまとう股間戦士に、お節介ながら道中で拾った武器を押し付ける。

「真の勇者であるなら、簡単に自分の得物を奪われるな。せっかく俺がレプリ……げふんげふん」

ノルドが勝手に聖剣のレプリカを渡したというネタバレをしそうになったので、慌てて口を塞いでせき払いした。

こんな面白いことをバラしてしまっては……もったいなさすぎ。

そう思った俺は内実ノルドよりも性悪なのかもしれない。

来なくてもいいのにエリーゼが馬車からわざわざ降りてきて、ケインに向かって指を差した。

「ケイン！　あなたがノルドさまを悪く言うのは許しません！　ノルドさまは自らの命を顧みず、一千万もの魔物の群れを相手して、黒の勇者となられたのです！」

エリーゼぇぇぇぇ――――――！

ホントの成果はお子さまラーメン程度なのに、二郎《じろう》ラーメン全マシマシくらい盛りに盛っちゃった……。

しかも黒の勇者が固定化されてるし。

「嘘ダァァァァ――――ッ！」

「正真正銘本当のことです」

いや嘘です……。

嘘！　大げさ！　紛らわしい！

ＢＰＯ《放送倫理・番組向上機構》が異世界にも存在したら、こってり絞られるやつだ。

俺を賞賛してくれるのはいいが、ジローゼには参ってしまう……。

「さあノルドさま、戻りましょう！」

「……」

あ？　え？　彼置いていってていいの？

エリーゼは俺の手を引き、馬車へ乗り込むと勝手知ったる我が家のメイドといった感じで「お願いします」と御者に声をかけて、あ然とする俺をよそに馬車は走り出してしまう。

「エ、エリーゼ……ボクを置いていかないでくれ――――――っ！」

ズデンと転んで、泥まみれになるケイン。だが彼女はケインに一瞥《いちべつ》もくれることなく、まえを見ていたが、俺は馬車を薄布一枚で追いかけてくるケインが不憫《ふびん》でならなかった。


――ヴィランス公爵家の正門前。

目の前に広がる光景に思わずそんな言葉が湧いてくる。

【家に帰るまでが遠足です】

「なにをしている、おまえは？」

「ミャオーン♪」

わざと泳がすように逃がしたが、まさかここまで露骨だと苦笑いすら起きない……。

馬車があと数百メートルで正門へたどり着くといったところで、白いケモミミと白と黒の縞《しま》のしっぽの獣人であるマオがいたのだから。

しかもマオは捨てられた猫のように身体《からだ》がすっぽりはまる木箱に入っており、「魔王軍を辞めてきた！」なんて平気で宣《のたま》う。

俺が憐《あわ》れみを含んだジト目でマオを見つめていると、彼女はあっけらかんとしていた。

どうして、俺のところには管理職をほいほい辞める奴《やつ》が集まってしまうんだろう……。

「おまえ、そうやってかわいそうな振りして、俺の気を引くつもりだろう！」

「ぬ、抜けない！　出して、出して！　ノルドったらぁぁ！」

箱がおしりにすっぽりはまって、取れない魔王軍の元四天王。

こいつは控え目に言って、アフォだろう……。

「俺はおまえみたいに残念な奴と真剣にやりあったことを深く後悔したい……」


——俺の部屋。

エリーゼはマオを見て何者か量りかねているようだったが、魔王軍四天王だったのに妙にフレンドリーな彼女に戸惑っている。

「俺の古い友人だ」

「そうそう」

俺は適当なことを言って、お茶を濁しておいた。

エリーゼはもちろんのこと、家人の誰一人として、マオの正体を知る者はおらず、知ったら知ったで一大事になることは間違いない。

「なに？　俺の強さを伝え、援軍を要請したら、指を詰められそうになっただと？」

「そうそう。ノルドの強さはおかしい！　あいつ《魔王》でも勝てないって」

指詰めって、どこの組なんだよ……。

「それにしてもおまえ、猫の獣人の割りに強いほうだよな」

「猫じゃない！　虎！　しかも白虎《びゃっこ》だから」

「はい、猫缶！」

「みゃっ!?」

銀製の皿に白身魚のすり身を入れたものを投げるとマオは華麗に口で咥《くわ》えキャッチしていた。

「猫じゃねえか……」

「猫じゃないにゃ……うまうま」

魔王軍から足抜けしたマオは碌《ろく》に食べてなかったらしく、猫餌を平らげると銀の皿のまえで両手を合わせた。

「マオよ、おまえは社会を舐《な》めてる。一度くらい上司に叱責されたぐらいで簡単に職場放棄するなどあり得ん！　戻ってやりなおして来い！」

正直俺が前世でどれだけ上司に詰められたか、こいつに延々と説教してやりたい気分だ。

「やだ。ノルドに飼ってもらうまで居着いてやる」

「ああ！　もう！　どいつもこいつも俺に飼われたいとかおかしいだろ！」

呆《あき》れて、叫んでいるとワルド付きの執事がやってきて、俺に告げる。

「ノルドさま、旦那さまがお呼びです」

「分かった、すぐ行く。マオ！　おまえの処遇はあとだ。俺が戻ってくるまで待ってろ」

「はぁぁぁ――い……」

ふて腐れたようにマオはしぶしぶ従者たちに従い、来賓用の部屋へ送られていった。


――ワルドの書斎。

「魔物が大挙して襲来だと？」

「ああ、すべて処理したがな」

「そうか。だがノルドよ、調子に乗るな。あの程度の寒村を守ったところで、ヴィランス家にはなにも影響を及ぼすことはな……」

児童労働をさせておいて、これである……。

くどくど、ねちねちとワルドのお説教が続きそうな雰囲気を醸《かも》し出《だ》すなか、急にワルドの書斎のドアがノックされる。

『ワルドさま、急報です』

「なんだ？　いま愚息を叱っているところだ！」

『ノルドさまにも関わることですので！』

ワルドはふんと鼻を鳴らしたあと、従者に入室を許可する。従者は一旦立ち止まり、俺たちに一礼したあと、バルコニーの扉を開け放ち、端に避《よ》け跪《ひざまず》いた。

「御覧ください！　メタミン村からの貢納にございます！」

従者が差し出す手のひらの先にはメタミン村から引き上げてきた馬車の車列が途切れることなく続き、そのまま荷が公爵家の資財庫《くら》へと運ばれてゆく。

「な⁉　なんだと⁉　まさかおまえがやったというのか？」

「ああ、この程度……俺にとっては朝飯……いや、断食明け《だんじき》でも余裕だな」

くっ！　っと劣等感の固まりであるワルドが強く歯噛《はが》みしたのか、神経質そうな顔が歪《ゆが》む。

あとアホな魔王軍の幹部《マオ》を拘束したが、俺の人生最大の汚点になりそうなので黙っておいた。

だが当初帰宅するつもりはなかったが、ワルドの顔を見て分かったことがあったので、戻ってきて良かった。

魔物の襲来の話をしたときの彼の表情を見る限り、本気で驚いていた。

ワルドの本来の目的は村娘たちを犯させて、村を焼くという領主としての非情さを身につけさせたかったのだろうと予想できた。

じゃあ誰があんなに魔物たちを呼び寄せたというのか？

「悔しいがおまえの功績を認めざるを得ない……。おまえの顔など見たくもない、しばらく私のまえに現れるな！　バカンスにでも行って来い」

「言われなくても行ってやる」

終章　魔王の偽物《にせもの》を倒したはずが……

俺はエロゲ内イベントを思い出していた。

『成勇』だとマオから魔王軍がアッカーセンに攻め込む準備をしているとの情報を摑《つか》んだケインは魔王を倒すため、先手を打ちトヴィトゥンにある魔王の居城へ討って出た。

実は魔王はすでに勇者学院へ進軍してきていたんだな。ケインは魔王の影武者を倒したものの、ノルドは魔王に魅入られ、ラスボス化って流れだ。

裏をかかれたケインは生き残ったアッカーセン王国民から酷《ひど》い罵倒を浴びせられ、評判を著しく落としてしまうが、ノルドを倒したことが認められ、魔王を倒した勇者として末永く顕彰《けんしょう》される。

じゃあ、『成勇』とは逆に俺が魔王城《パレス》へ攻め込めばいい！

何も告げずに勇者学院を出て、魔王が攻め込んできているのに逃げ出したというチキン野郎の誹《そし》りといままで有能ムーブであった俺が無能の烙印《らくいん》をみんなから押されれば、いくらエリーゼでも耐えかねて俺の下を離れ、ケインに鞍替《くらが》えしてもらえるはずだ！

教授室で勇者学院の生徒たちから提出された課題の採点をしながら、俺が完璧な没落計画を練っているとハリーが駆け込んできた。

「ノルド先生っ！　たいへんです、魔王が名指しで勇者学院とケインを潰すと王都に魔物の大軍を引き連れ迫ってきてます！」

「攻性科の生徒全員を叩《たた》き起《お》こせ！　三分で用意を済ませ、校庭にて待機。俺はリリアン及び他の教授たちとの協議に行く」

「はい！」

さて……行くとするか。

ハリーが部屋を去ったあと、バルコニーに出て【服従の檻《サモンスレイブ》】を使う。すると銀の鱗《うろこ》に被《おお》われた飛竜《ワイバーン》が現れ、欄干を爪で掴んで止まっていた。

キュルルルルン♪

俺に鼻先を擦《こす》り付《つ》けて、甘える飛竜《ワイバーン》のククル。

マオが率いていたモンスターの内の一匹で半死のところを助けてやったら、やたら懐《なつ》いたので飼うことにした。

「ククル！　俺を魔王城の近くまで運べ」

キュルルルル――――――ッ！

俺に翼のある背を見せて、ぱたぱたと羽ばたきを見せたので飛び乗る。

はっきり言って、これはまさに俺にとって逃避行と言えた。

俺が功を焦《あせ》り偽物の魔王を狩ってドヤ顔で戻れば、みんなから向けれられる残念な顔が思い浮かぶ。俺は逆夜這《よば》いまでし始めたドスケベ聖女のエリーゼをケインに返し、静かにのんびりスローライフを送れるんだ。

ルンルン気分イイ気分で上空を舞っていると、行き先の空が曇って……違う！

モンスターどもが空を覆ってやがるんだ。

飛行系モンスターだけで三十万ぐらい軽くいそうな雰囲気だ。ノルド語で煽《あお》ったせいか、陸上系モンスターと合わせて、マジで百万くらい動員してきているのかもしれない。

「ノルドさま！　ここは私にお任せください！」

「えっ⁉」

どこかで聞いたことのある声が後ろから響いてきて……、

「神に背き、悪《あ》しき者どもに愛の女神エロリスの聖なる裁きをお与えくださいっ！」

【神罰《ゴッデエエエス・パニシュメントオオオオ！》】

振り返るとククルの背で立ち上がり、眩《まばゆ》いばかりのエロン教の紋章のついた錫杖《ビショップスタッフ》をかざして、シン・聖女級の者しか扱えないはずの攻性聖魔導【神罰】を放つエリーゼがいた。

たまや～！　かぎや～！

なんて不謹慎な言葉が出てきそうになった。【神罰】がモンスターどもに迫ると光の束は目の前で拡散し、奴《やつ》らを包み込んだあと、シュッという音とともに蒸気が上がり、漆黒だった空に青さが戻る。

立ち上る蒸気に【神罰】の光が反射して、天使の輪《ヘイロー》のように見えてモンスターどもが天に召されるようだった……。

「なぜエリーゼがここにいるっ⁉　俺は誰にも知られないうちに逃亡してやろうと思っていたのに……」

「ノルドさまがあの程度のモンスターで逃げ出すとは到底思えません。むしろ嬉々《きき》として魔王軍を迎え討つはずです」

「あ、いやしかし、いまのは……」

「はい！　ノルドさまのお側《そば》にいられるようにお稽古したんです。これでもダメでしょうか？」

「攻性魔導を母体とする者なら上の下といったところだが、回復魔導を扱う者としては最上級と言わざるを得ない……」

まさか俺の言った言葉を忠実に守り、修行に勤《いそ》しんでいたなんて……。いつも人にマウントを取りたがるノルド語でも賞賛してしまうくらいだ。

「だがそれとこれとは別！　いますぐ降りて、勇者学院へ戻れ」

「まだまだ余力が有り余っていますので、もう一撃放とうかと思います」

えっ⁉

いやいや、ある程度残しておかないと俺じゃなくて、エリーゼが魔王軍どころか魔王までを狩ってしまいそうな勢いだって！

「エリーゼ！　雑魚《ざこ》に構っている暇はない。いま魔王城ではアッカーセンを一撃の下に滅ぼそうする策謀がなされている。俺は急いでそれを止めに行かねばならない。つまり魔王が親征してきたというのは陽動のための嘘《うそ》だ」

「さすがノルドさまです。勇者学院、いいえアッカーセン王国の誰もが気づいていないことを予想し、先手を打たれようとするなんて！　ますます私はノルドさまに溺れてしまいそうです」

エリーゼがぜんぶ倒してからとか言いそうだったので、適当な嘘をでっち上げた。『成勇』でもそんな描写なかったし。

俺の嘘を信じたエリーゼはぴたりと身体《からだ》を寄せてくるが上空でこんないちゃいちゃして

るシーンを勇者学院の生徒、特にケインなんかに見られたらヤバいだろ。

「クルル、翼の回転数をレッドゾーンまで上げてやれ！」

キュルルルル――――――ッ♪

「レッドゾーン？　回転数？」

「な、なんでもない……ただの言い間違いだ」

飼い慣らしたクルルにはニュアンスが通じたが、エリーゼはキョトンと首を傾《かし》げていた。

「疲れたでしょう？　回復してさしあげますね」

俺が加速ブーストのバフ、エリーゼがクルルへ回復魔導をかけつつ、ぶっ通しで飛び続けたことで、ものの数時間で魔王城へと着いてしまった……。


お邪魔しまーす。

置いていくとエリーゼがまたバーサクヒーラー化しかねないので、二人で魔王城に侵入した。

「～～～ッ!?　――――……」

魔王城は王国侵攻にモンスターを総動員させたせいか、蛻《もぬけ》の殻となっており、数少ないオークの衛兵の口を塞ぎ仕留めると、糸の切れた操り人形のようにガクリと倒れた。

薄暗い魔王城を奥へ奥へと進んでゆくと、髑髏《どくろ》の装飾が施されたベタな大きな扉が僅かに開いて、光が漏れていた。

なかを覗《のぞ》くと……。

なんだと⁉　なぜ魔王アズライールがパレスにいる⁉　親征していたはずじゃ……。

それにあの魔導陣はバルバルス！

あれが発動したら、大陸ごと大地を割ってしまう。

俺は魔導陣発動を防ぐためにアズライールのまえに姿を晒《さら》した。

「魔王と担《かつ》がれている割にしこしこ魔導陣づくりか、やることが小さいな。どうせおまえの股間のモノも大したことないんだろうな」

「平静を装《よそお》っているようだが、読みが甘かったな、黒の勇者ノルド。なにやらこそこそと力を隠しているようだが、このアズライールを見くびってもらっては困る。力に目覚めていない勇者《ケイン》など影武者で十分。我の裏をかこうとしたらしいが見事に我の陽動に引っかかってくれた」

実力を隠すってのも楽じゃねえなあ。魔王が俺の実力に反応して、ルートが分岐しやがったか……。

「はあ……本当にだ、逆だったら良かったのにな」

「ふはははは
っ！　己の運のなさを悔やむがいい！　えっ？」

そう魔王のほうがな……。

さっさと戻り、陰からケインの尻拭いでもしてやるために俺が完全なる闇の覚醒《フルバーストモード》へと移行するとアズライールは素で青ざめた。

「すまんな、控え目に言って俺はおまえを遥《はる》か彼方《かなた》へ置き去りにするくらい強くなってしまったらしい……」

「に、人間ごときがぁぁ――――――！」

「おい、三下。驚いている暇はないぞ。死ぬ前に俺はおまえに訊《き》いておきたい。なぜマオを捨て駒にしようとした？」

「ハハハハッ！　下等な獣を我が飼ってやったんだ。むしろ感謝してもらいたいくらいだ」

「いま、マオのことを獣っつったか？」

「ああ、なんどでも言ってやろう。あんなのは畜生だ！　我ら魔族の家畜だ！　あんな下等生物は我々魔族が飼ってやらねばならんのだよ。それよりもだ……貴様、我を三下と呼んだか？」

「呼んだな。それがどうした？　すまんな、三下では上等すぎたか。三下に三下と真実を告げて、何が悪いんだ？　俺のまえで三下のおまえが三下でないとちゃんと証明してくれよ。証明できなければおまえはゴミ虫確定。いやなら便所虫でも構わんぞ！」

「貴様！　ぜったいに生かして帰さぬから、覚悟しておけ！」

「覚悟？　おまえ相手に？　ククク……笑わせてくれる。笑い過ぎて、死にそうだ。スゴいな、おまえは素晴らしい、なにせ人を笑わせて殺気を消せるデバフをかけられるのだからなぁ！」

「我をどこまで愚弄する気だ！」

「すまん、すまん。愚弄する気はなかったんだ。ただちゃんと実力というものを認識してもらいたかったのだよ、アズライールくん」

アズライールの言葉につい熱くなってしまった。『成勇』では奴に始祖覚醒《リグレッション》を強制的に起こさせられたマオが白虎《びゃっこ》の魔獣と化し、持てる力のすべてを暴走させ、ケインの腕のなかで息を引き取っていたから……。奴は端っからマオを仲間にするつもりなんてなく捨て駒扱いだったんだ。

俺は【空間歪曲《ワープ》】を発動させ、魔王の背後から肩に手を置く。

「に、人間ごときが魔王を舐《な》めるなっ！」

「ククク、俺が舐めるのは女のあそこだけだ。死んでもおまえの身体は舐めん」

ぽっ♡

「ノルドさまぁぁ……魔王を倒したあとは……私をベッドに押し倒して私のあそこを……」

「エリーゼ、危ないから下がっていろと言っただろ！」

なによりエリーゼの発言が危ない。

俺がエリーゼに気を取られたところにアズライールがＥＸ《エクストラ》デバフを使用してくる。

【ひれ伏せ魔《ラ》を統《ビ》べる王《ト》の膝元《ン》に】

それにより攻撃力、魔導力、回復力、精神ダメージ、即死回避確率などすべてのステータスを下げられてしまった。

「フハハハハハハハハハ！　人間！　我を愚弄し、油断するからデバフを食らうのだ！　いまの貴様は下等なゴミ虫以下の存在！　我に勝てるはずがないっ！」

ふ〜ん。

アズライールは勝ち誇ったように高笑いを上げていたが、油断してるのはおまえもそうだろ、と俺はツッコミがてら無詠唱で魔導を放った。

俺の放った魔導はきっちりアズライールに当たる。

どうやら俺が受けたデバフの効果に悦に入り、攻撃を受け止め、効かぬわムーヴを決めたかったらしい。

「かはっ！」

アズライールの右肩が根元から削り取られ、まるっとなくなっていた。

「な、なぜこんな力がまだあるんだ！　なにか宝具《レガリア》でも使ったというのかっ！　答えろ人間っ！」

「ククク……人間、人間とうるさい奴だ。ツェンの国民を奴隷にした罪で死ぬことが確定したおまえに教えてやろう。俺の名はノルド・ヴィランス。おまえが何度転生しようとも俺には絶対に勝てないと魂に刻んでやる」

俺がゆっくりとアズライールに足を向けると恐怖したのか、アズライールは後ずさりしていた。

「おっと質問に答え忘れていたな。さっきのは【常闇の波動《ダークウェーブ》】だ。安心しろ、おまえのデバフはちゃんと効いている。だが残念なことにデバフされても俺の方が強いらしいぞ」

「バ、バカな……ありえ得ん……闇耐性のある我が最弱魔導にやられるなど、人間ごときが我を上回る力を持つなど……」

「俺は天才だ。加えてほんの僅かだが凡人が行うという努力なるモノを嗜《たしな》んでみた。するとどうだ？　まるで魔王のおまえがゴミザコのようにすら思えてくる」

「き、貴様ぁぁぁ――――！」

「マオがどれほど苦しんだか分かるか？」

「オゴォォォォォォッ！」

俺は【常闇の波動】でアズライールの残る手足を削《そ》いでいった。

「弱すぎる。魔王を名乗るものだからもっと強者を想像していたが、実にがっかりだ……」

ガリアヌスを居合のように抜き放つと鎖でつながれた剣身がジャラジャラッと伸びて、魔王の胴体を二つに分かつ。

「バカなっ⁉　我が、人間ごときに……」

最期《さいご》の刻《とき》を迎えようとする魔王に向かって心のなかで呟《つぶや》く。

（ま、勇者学院を攻めていても、おまえは生き残れなかったと思うけどな）

アズライールをガリアヌスで屠《ほふ》り、剣を鞘《さや》に納めるとエリーゼは俺の股間を凝視しながら恥ずかしそうに身体を艶《なま》めかしくくねらせ、指をもじもじさせていた。

「あ、あの……ノルドさまの大事なところも、あの黒くてたくましい剣のようになかで伸びて、私を可愛《かわい》がってくれるのでしょうか？」

は？

俺は魔王を倒したことをすら忘れて、ポカンと口を開けていた。

この娘はどんだけそっち方面の想像力が豊かなんだよ！

ごぼっ……ごぼっ……。

「ノルドとか言ったなぁ！　覚えておけ！　我は魔王のなかでも最弱！　我の仇《かたき》は残りの六柱の魔王が取ってくれ……る」

「笑わせてくれる。魔族を名乗りながら、仲良しごっこの仇討《あだう》ちなどと……」

魔王アズライールの亡骸《なきがら》を闇に帰すと、エリーゼが駆け寄ってきて……、んっ⁉

不意打ちで俺の唇を奪っていた。聖女のくせしてなんて情熱的なキスを……。

んんん……。

離れようとしても頭と背中を抱えられて、エリーゼが俺を離してくれない。エリーゼの豊満な胸が俺に触れて、彼女の鼓動と体温が伝わる。

「ぷはぁ……。ノルドさまがご無事で良かったです。もしなにかあれば私もノルドさまのあとを追う覚悟でした……」

「俺が死ぬ？　つまらぬ心配を。それよりなんともなかったか？」

「ノルドさまが私の心配をしてくださるなんて……」

「俺はおまえがちゃんとした聖女になれるか心配しただけだ。おまえを失えばアッカーセンは大打撃だからな」

「それでもうれしいです！」

太陽のような明るい笑顔を俺に向けるエリーゼが眩《まぶ》しくて、俺は目を逸《そ》らした……。

「助かったぞ！」

「もしやあなたさまがアズライールを⁉」

俺が魔王を狩ったことで地下牢《ろう》の封印が解けたのか、ぞろぞろと獣人たちが髑髏《どくろ》の間（勝手に命名）に集まってくる。

その中には白い毛並みで尻尾が縞《しま》模様の獣人もいたのだった。

シュッ♪

【龍屠魔導榴弾《ブリュンヒルド》】

捕らわれていた獣人たちをエリーゼが介抱したあと、俺は魔王城をアズライールの魂すら残らないよう跡形もなく消し去った。

――――【ケイン目線】

教室で窓の外を眺める。ああ、ボクの愛《いと》しのエリーたん……。

回復科棟にいるエリーたんの姿を捜しているときだった。彼女がいないことに気落ちしていると校庭へ集合との連絡を受けた。

「おい、ケイン！　ケイン！　呆《ほう》けてる暇はないよ！　ほら！」

級友のハリーが呼び掛けてきて、空を指差す。空からハリーに視線を移すと彼は窓から外へ飛び出し、魔導の詠唱を始めていた。ノルドにしごかれたボクたちは狼狽《うろた》えず冷静に準備を始めたが、先に外へ出ていた他の教室の生徒たちは青ざめた顔で足が震え出している。

それでも貴族なのか‼　いつも平民に偉そうにしてるくせに！　この学院はボクが守る！

情けないと言えばノルドだ。

「ノルドは普段偉そうなことばっか言ってるくせに肝心なときにいないなんて、最低のクズじゃないか！」

敵前逃亡したノルドに憤慨しているとボクを嘲笑《あざわら》うかのような腹の立つ声が響く。

「ククク……ケイン、俺が敵前逃亡したとでも？」

いつの間にか指揮台《ポディウム》が用意され、ノルドが外套《マント》を靡《なび》かせ立っていた。

「ノルドっ⁉」

「「ノルド先生！」」

「だから貴様はダメなのだ」

「うるさいっ！　ボクはまだ本気出してないだけだ。それよりもノルド！　おまえは、あまりのモンスターの大群にびびって引きこもっていたんだろ！」

「この俺が臆して引きこもる？　ククク、ハハハハ、アーハッハッハッ！　面白いことを言う。貴様らが俺なしでも戦えるか見ていた。だがダメだな。各個が勝手に動いて連携というものがまったくなっちゃいない。俺が教えた通り、やれ！」

てんでバラバラだった勇者学院の生徒たちはノルドの一声で集合し、悔しすぎるけど見事な隊列を組んでいた……。

「ケイン、貴様もサボってないで【焔球《ファイアボール》】を放て！　よもや鳥頭で忘れたなどとは言うまい」

「くっ！　【焔球】」

悔しいけど、ノルドの指揮は的確だった。ノルドの指揮により、モンスターの襲撃は掃討され、攻撃も散発的になってきてる……。

「はあ、はあっ、これでぜんぶか？　魔王軍も大した……こと……ないなぁ……」

無秩序に突進してきたモンスターの群れは至近距離から放たれる魔導によりこんがりロ一ストにされていた。疲労からひと息ついていると、一際《ひときわ》大きな魔物がボクたちを見下ろしていた。こんな巨体なのにいつの間に近づいてきた？

ボクの身長の二倍くらいはある魔物で、今まさに炎が燃えているかのような赤い肌に筋肉の盛り上がった体軀《たいく》、そして額に鋭い一本の角を生やしている。見るからにオーガ系と思われる魔物は辿々《たどたど》しい言葉で吠《ほ》えた。

「ゆうしゃはどこだっ！　わがなはまおうオー……アズライール！　つよきものはまえにでろ！　おれをたおしてみろっ！」

魔王アズライールは噂《うわさ》で聞いていた姿とはなんか違うけど、本人が魔王だって言ってるんだから、そうだよね！　魔王をボクが倒したことになれば、ボクの株は上がり……エリーたんはノルドの下を離れ、必ずボクのところへ戻ってきてくれるはずだ！

アズライールは手に奴《やつ》の身体《からだ》より大きなトゲトゲしたメイスを持っていた。タンクの生徒たちが盾を構えていたが、アズライールが手に持った武器で……。「うおぉぉぉぉぉぉお――――！」という咆哮《ほうこう》と共に薙《な》ぎ払《はら》うと人間が石を投げたように吹っ飛んでしまう。

「魔王がこんなパワータイプだなんて聞いてないよ」

「なんだ、ケイン。貴様、震えているのか？　グラハムとかいう師を得て、強くなったんじゃないのか？　あの程度の三下に臆するとは……そんな奴が勇者を目指すなど一万年早い」

くそっ！　くそっ！　くそっ！　ボクは震える足を叩《たた》く。あいつにだけは負けられない！　昔のボクとは違うんだ！

「魔王！　ボクが勇者だっ‼　エクスカリバーインプロージョンっ！」

鬱屈と悔恨と嫉妬のすべてをエクスカリバーに込め、アズライールの腕目掛けて斬りつける。

「そのていどでゆうしゃをなのるとは……」

なんとかメイスの軌道は逸らすことができたけど、腕を切り飛ばすはずが外皮が硬くて深めの切り傷を負わすのがやっとだ……。

「ノルド！　なにをしている！　ボクごとアズライールに極大魔導を放て！」

「ククク……ケイン、望み通り貴様ごと吹き飛んでもらおうか、撃て！　【集めし砂塵《サンド》の咆哮《ストーム》】」

ノルドの号令に合わせ、攻性科の生徒たちが手や剣や杖《つえ》を翳《かざ》し、魔導を放っていた。

収束した砂粒が勢い良く放たれ、アズライールの身体を削ってゆく。

「このていどで、このていどで……」

アズライールのメイスが砂塵《さじん》で削られ、消失したことで絶好機と見たボクは……、

「止《とど》めだ！　ハァ―――ッ！」

振るったエクスカリバーはアズライールの首を捉えた。

腕を斬りつけたときと違い、今度は手応えがあった。

振り返るとみんなが固唾を呑《の》んでいた。

ごろごろと地面を転がる魔王の首。

それと同時にアズライールの放っていた禍々《まがまが》しいまでの闘気が消《き》え失《う》せた。

「ボクのエクスカリバーが効かないって豪語してたのに、効いたじゃないか！　どうだ、魔王！　死ぬまえに覚えておけ！　ボクが勇者ケインだ、バーカ！」

蹴球のようにアズライールの首を蹴飛ばそうとすると、スルリと脚が空振る。

「ゆうしゃ！　おまえだけはみちづれだ、【衝角吶喊《とっかん》】」

アズライールの首は閉じていた目をカッと見開き、その角が赤く輝き伸びる。それがレイピアほどの長さになってボクめがけて飛んできた。

なんとか致命傷だけは避けたけど、左肩に角が刺さってしまった。

「ケイン！【爆轟焔真紅《デトネーション・トゥルーレッド》】」

グレンがアズライールの首目掛けて、特大の炎系の魔導を放っていた。

「うわぁぁぁぁ！」

ボクはアズライールごと爆炎に飲み込まれた……。

「けほっ……けほっ……」

「ケインが魔王を倒しちまった……」

「でもこの場合、ノルド先生が陣頭指揮を執っていたから……」

「そんな雑魚《ざこ》を倒したところでなんの価値もない。欲しい奴にくれてやる」

「良かったね、ケイン。ノルド先生に勲功を譲ってもらって」

馬鹿ノルドめ！　恰好《かっこう》をつけたつもりかもしんないけど、あとで返せって言っても返さないもんねー。それにノルドは指揮してただけで実際に魔王を倒したのはボクだし。

「みんな見た？　ボクが魔王を倒したんだ。どう凄《すご》い？　凄いでしょ！　もう勇者の称号をもらってもいいよね？　ちょっと学院長に掛け合ってくるよ」

あれ？　ノルドの奴、どこ行ったんだよ！

ボクが勝《か》ち鬨《どき》を上げ、指揮台の方を見るとさっきまで偉そうに命令していたノルドの姿はすでになかった……。

「ケイン、いつの間にタトゥーを入れたの？」

なんだか火照《ほて》りを感じたので、上着を脱ぐとハリーがボクの肩を見て訊《たず》ねてきた。なぜか肩にオーガの顔みたいな紋章が浮かんでいて、なんだか悪っぽくていい！

「そ、そうなんだよ。どう恰好いいでしょ？」

「う～ん、なんか荒くれ者みたい……」

「ハリーは分かってないなぁ、女の子はワルが好きなんだよ、ワルがね」

ハリーにはタトゥーって説明したけど、アズライールの角で肩を刺された傷痕が変化した物だ。

エリーゼと同衾《どうきん》したときに、この紋章をサプライズで見せたら、彼女はボクに惚《ほ》れ直してくれるはずだ。それまで内緒にしておこうっと！

――――【ノルド目線】

勇者学院上空。

「エリーゼ、よく聞け。俺はおまえを攫《さら》い敵前逃亡した大罪人として裁きを受けるだろう。おそらくすべての爵位を剝奪され、平民として辺境に送られる」

「なぜ、魔王を倒したノルドさまが裁きを受けなければならないのですか！　私もいっしょに罪をかぶります」

「おまえには到底耐えられる生活ではない。ククルから降ろしてやるから、俺が悪いと主張しろ。そうすればマグダリア家は完全に再興できる」

「いやです！　家はお兄さまがなんとかしてくれるはずです。私は死んでもノルドさまのそばを離れません」

「まったくおまえという奴は……」

俺が頑固なエリーゼに手を焼いていると上空にまで声が響いてくる。

「お兄しゃまぁぁぁぁ！」

「ノルドさまぁぁぁぁ！」

マリィにグレン、それに勇者学院の生徒たちが俺に手を振っていた。

おかしい……。

敵前逃亡したはずの俺が温かく迎え入れられることなんてないはずなのに。

理由を知るために俺はククルを地上に下ろした。

「ノルド！　どこに行ってたんだよ」

「俺はおまえらを捨て、敵前逃亡した臆病者だ」

「はあ？　さっきまでいたのに、なに寝ぼけたこと言ってんだ……ノルドの指揮のおかげで勝てたんだろうが」

「俺が指揮だと？」

「ああ」

「さすがお兄しゃまれす！　見事な陣頭指揮をしゃれ、じゃこ勇者のサポートまでを……。

加えて残党狩りに出かけりゃれるなんて、しょんけい《尊敬》を通り越していけい《畏敬》のねん《念》を覚えましゅ」

マリィがハートの意匠のついたスタッフをかざしながらクルッと一回転すると、一瞬だけ俺の姿が見えた。

まさかまさかマリィが俺に変身していた？

「マリィ、俺の影武者をしていたのか？」

「あい！　まりぃね、お兄しゃまに変身して戦ったの。みんな、ツラしょうに戦ってたんだけど、お兄しゃまになっら、まりぃが出てきたら勢いを盛り返しちゃった！」

ひそひそと二人で話して訊ねると屈託のない笑顔で返されて、俺はかわいい妹に何も言えなくなってしまった。

俺がみんなに賞賛されていると、

「ノルドは大した活躍もしていないのに、自分の子飼いの貴族たちに誉《ほ》められていい身分だよなぁ！　だけど、ボクが魔王を倒したんだぁぁぁぁ――――――――！」

ケインはアズライール配下の四天王の一人、鬼人のオーガスの角を自慢げに持ってきた。

俺にはすぐに分かったが、ケインはどうやら気づいてないらしい。

しかし、ここで突っ込もうものなら俺が真の魔王を倒したことがバレてしまう。

「おまえもようやく俺の靴底を舐《な》められる程度の実力に達したか……俺はおまえに手柄を譲ってやったまで。せいぜい魔王を倒したことに酔っていろ」

「減らず口を！　だけどボクは魔王を倒したことで陞爵《しょうしゃく》は確実だ。あえてエリーゼと呼ぼう。ボクと結婚してください」

魔王を倒したと勘違いしたケインは俺に勝ち誇ったドヤ顔を向けたあと、俺の隣にいたエリーゼの前で膝をついて、返り血を浴びた姿でいきなりプロポーズをぶちかます。

いやさすがに空気読め！

そう思ったときだった。

「無理です。嘘《うそ》つき、女ったらし、へたれ、無能、お調子者、甲斐性《かいしょう》なし、週一しかお風呂《ふろ》に入らない、足が臭いし、童貞臭い、寒いことしか言わない絶望的なワードセンス……到底結婚などできるはずがありません！」

エリーゼからの罵詈《ばり》雑言のひとつひとつがケインに突き刺さっているようで、魂の抜けかけた彼にご愁傷さまと線香のひとつでも上げたくなる。

さらに追い討ちがかかった。

マオが俺たちの前に現れ、秘密を暴露しはじめたのだ。

「そいつは影武者だ！　本物の魔王はノルドが倒したんだ‼」

「えっ⁉」

ぎゃぁぁぁぁぁ――――！　なんでホントのことバラしちゃうのよ！

俺がムンクの叫びを上げている横で勇者学院の被害を確認しに来たリリアンがマオの両肩を摑《つか》んで、詰問《きつもん》していた。

「ちょっと待て、それは本当のことなのか？」

「実はあたし……みんなに言えなかったんだけど魔王配下の四天王だったんだよ……だから顔形を見りゃすぐに分かる、本物か偽物《にせもの》かなんて……」

しかも魔王に対抗しうる者を育成する勇者学院で自分の正体を明かしてしまうとか、死にたがってるとしか思えない。

「マオ！」

「お父さま！　お母さま！」

獣人が捕らわれていたから戻るついでに連れてきたが、どうやらマオの家族だったらしい。

「学院長さま、マオは私たち家族を捕らえられ、仕方なく魔王に助力していたに過ぎません」

「アアアアアアア――――――ッ⁉」

なんだってんだ？　リリアンの奴《やつ》……素っ頓狂な声を上げて……。

捕虜だった獣人たちを見たリリアンは男にイかされたような声を上げ驚くが、心を落ち着かせると獣人たちとマオを伴い、学院長室へと消えていった。

どうせ、侍従職にあるマオとその両親だから、マオが魔王軍に協力していたことを黙っておく対価として、ツェンの皇帝にでも勇者学院に寄付してくれるようお願いでもするんだろう。


――――数日後。

俺は故宮を思わせる巨大な宮殿に招かれていた。

「ノルドさま、お客人にはこちらの羽織りを着ていただく決まりになっております」

「そうなのか？　ならば仕方ない、着てやろう」

「ありがとうございます」

ウサギ耳の女官に黄色い羽織りを着せられた俺だったが、羽織りを持ってきた文官は跪《ひざまず》いて深々と頭を下げた。それだけではなく、周りにいた武官、文官も同様……なんだか妙に俺にへりくだる。

確かにマオの両親を助けたのだけど、彼女の両親はツェンでも国の根幹に関わる重要人物だったんだろう。

俺は大層立派な椅子に座らされたかと思うとマオの父親が大勢の廷臣たちの前で宣言し始めた。

「第四十五代獣帝バオ・ガン・ツェンはいまを以《もっ》て、退位し、帝位をノルド・ヴィランスさまに禅譲いたす。以後、国号をツェンからヴィランスと改める。それでは我が娘マオとの婚礼の儀を始めよう」

は？

俺は、この人なに言ってんの？　とぽかんと口を開けることしかできなかった。マオの父親の言ったことの情報量がいっぱいすぎて、パニックを起こしそうになる。

さらに俺を混乱させることが起こった。

白いヴェールをかぶり、肩口から胸元までシースルーのいかにもウェディング用チャイナドレスといった出《い》で立《た》ちで現れたマオ。そこには男女などと呼ばれた面影はなく、おしとやかな皇女といった雰囲気を漂わせている。

「なに皇女みたいな格好してるんだよ！　ただの侍従武官だろ、マオは！」

そう、マオは『成勇』じゃ、悲劇のヒロインとして退場、その後なんて語られてねぇ！

「ああ、それ？　みんなには黙ってたんだけどね、あたし……ツェンの皇女だったんだよ。まあいまはノルドの皇妃なんだけどねっ♡」

「おいおいおい！　本気か？　おまえ、俺を利用しようとしてただけじゃねえかよ。別に俺のことなんとも思ってなかったんだろ、そうギブアンドテークって奴だ」

「最初はそうだったけど、あたしを信じてくれて大好きな両親まで助けられて感謝……ううん、惚《ほ》れない女の子がいると思う？　いまならエリーゼがノルドに惹《ひ》かれた理由が分っかるなぁ」

「……」

悪夢としか言いようのない冗談は止《や》めて欲しい……。

「その婚姻、ちょっと待ったアアアアアアアア――ッ！」

マオが俺の隣の椅子に座ると獣聖宮の重厚な扉が開け放たれ、バオの寵臣《ちょうしん》たちが居並ぶなかに大きな声が響いた。

「エリーゼっ⁉」

武官たちがエリーゼを取り押さえようと飛びかかるが、ロータス譲りのメイスを巧みに扱い、武官たちの猛攻をいっさい寄せ付けない。

「エリーゼ、案ずるなって。ツェンは……いやヴィランスは一夫多妻だからな」

「頼むから俺に相談もなく、勝手に決めないでくれ」

「分かった、これからは夫婦仲良く決めようね♡」

「婚約破棄する」

「婚約破棄してください！」


――ワルドの部屋。

とりあえず俺は帝位を熨斗《のし》つきでマオの父親に突き返しておいた。俺を皇帝になど擁立しようものなら、ツェンを完膚なきまでに破壊すると通信欄に添えて。

「ノルド、マリアンヌ！　私はおまえたちのような優秀な子どもを持ち、実に誇らしい。いままで邪険に扱って本当に申し訳なかった。だがこれからは親子三人、仲睦《むつ》まじく暮らそうではないか」

そう言うとワルドは深々と俺たちに頭を下げ、握手を求めてくる。ソファーに並んで座らされた俺たちは珍しくワルドに誉められてしまっていた。俺とマリィは顔を見合わせて、態度を豹変《ひょうへん》させたワルドを訝《いぶか》しんだが、アズライールを倒した話を求められて話すと、信じがたいほどワルドは上機嫌だった。

あれだけ俺たちを毛嫌いしていたワルドが賞賛してきた行動が解《げ》せないこともあり、ワルドの部屋から去り際に【邪気眼《スパイアイ》】を潜伏させて奴の動向を探っていた。

俺とマリィが部屋を去るとワルドの妻であり、俺たちの母親であるダリアの肖像画をじっと無言で眺めていた。それにしてもダリアの容姿は大人に変身したマリィとそっくりだ。

俺のただの杞憂《きゆう》かと思ったときだった。

「おまえたち、少し席を外してくれ」

「かしこまりました」

執事やメイドたちを部屋から下がらせると怪しげな動きを見せ始めた。ワルドは立ち上がり、本で詰まった書棚を押し始める。

テレレレレテレン♪

そのとき、エルフ耳の男の子が活躍する国民的アクションファンタジーの謎解き音が俺の脳裏に響いた。

書棚を移動させた場所にあった壁には隠し扉のようなものが見えたのだ。

こんな場所があったなんて、『成勇』をプレイしていたときはまったく気づかなかった。

ワルドは胸ポケットから鍵のホルダーを取り出すと何重にもかかった鍵をひとつひとつ

解錠してゆく。

「ダリア、待っててくれ。いますぐ行くから」

なっ⁉

扉が開くと入り口が暗く恐らく地下へ通じているであろう階段が見えた。ワルドが指をパチンと弾《はじ》くと火の玉が灯《とも》り、階段とその先を照らす。

邪気眼よ、ワルドを追え！

邪気眼には【気配遮断（強化）】のバフをかけておいて正解だった。

邪気眼は俺の目となりワルドの跡をつけて、階段の奥深くへと降りてゆく。ワルドが百段ほど下ったところでまた扉が出現する。

ワルドが耐火金庫を思わせる重厚な扉を開けるとなにやら空間の奥から微《かす》かな声がしてきた。

……して……して……。

……して……して……。

マリィのお花摘みのときに聞こえたあの声だ……。

感度上昇！　邪気眼で拾える音と視野を高めると俺は絶句した。


……して……こ、ろ、して……。


胴体が千切れ、脊髄が露出し上半身だけとなった姿のダリアと思《おぼ》しき身体《からだ》が緑色の保存液のような液体が入った円筒形のガラスの容器に収められていた。

そんな状態にも拘《かか》わらず、ダリアは生きているようでワルドに懇願するかのようにガラスの容器の中から手を伸ばす。ワルドもそれに呼応してガラス越しに手を重ねていた。

話が違うじゃねえかよ！

俺とマリィはワルドからダリアは辺境のサナトリウムで療養していると聞いていた。

「ダリア……聞いてくれ……やっとノルドが勇者学院に入学して、皆から勇者と呼ばれるようにまでなってくれたみたいだ。マリアンヌまでもノルドに倣《なら》い努力している。なんて親孝行な子どもたちなんだろうな」

なんだ、毒親かと思ったら、本当に俺たちの成長をよろこんでくれていたんだ。

ダリアの痛々しい姿に驚きを覚えたが、悪役領主の典型だと思われたワルドが俺の想像よりも人の子らしいことにほっこりしそうになっていたら。

うっ⁉

「もうすぐだよ。マリアンヌもキミを受け止められる身体に成長してくれている。私は必ずキミを復活させてみせるから。ノルドによって魔族どもを根絶やしにして聖地アクロエロスを奪回し、かの地にてノルドの膨大な魔力を触媒に儀式を行えばキミの魂が確実に器であるマリアンヌに定着するだろう」

「……して、殺して……」

「心配ないよ。あの子たちも親孝行ができて、さぞよろこばしいことだろう」

ワルドはガラス容器に額をつけてダリアを愛《いと》おしそうに見つめ、優しげな笑みを浮かべていたが、ダリアは震える声で死を望んでいた。

「私はキミさえいれば、地位も富もなにもいらない。マグダリア家が没落した今、アッカーセン王国は私の手中に落ちる。国のすべてを犠牲にしてでも、キミを復活させるから待っていて欲しい」

「お……ね……が……い……ころ……して……」

ダリアに想《おも》いを告げると固く拳を握り、決意に揺るぎないことを示したワルド。

ワルドの奴《やつ》……ここまで狂った奴だったのか⁉

子ども二人と王国民を犠牲にたった一人の妻を復活させようなんて……。俺はワルドに悟られないように地下室から邪気眼を引き上げた。

正直ワルドとダリアを地下室ごと埋めたい気持ちでいっぱいだった。

ふう……。

邪気眼が手中に戻ってくるとため息をついてしまう。やはり修正力って奴で魔王を倒しても、死亡フラグはついて回るらしい。

ワルドは差し詰め、セカイ系ヤンデレ公爵さまってとこか。

確かに狂ってはいるが……。

あと死亡フラグと言えば魔族因子《インジェクション》という要素もある。

『成勇』でノルドはオーガスと戦ったときに奴を虚仮《こけ》にして、魔族因子を埋め込まれてしまった。すぐに発症するわけではないが魔族因子は徐々に身体を魔族へ作り変えてゆく……。

どうやらケインがオーガスと戦い勝利したようだが臆病なケインのことだ、『成勇』のノルドみたいにプライドの高い高位魔族の恨みを買うような馬鹿な真似《まね》はしてないだろう。

ホント、こういうとき口は災いのもとってことを思い知らされる……。

俺が生き残るために今後の立ち回り方を思案していたときだった。

「純愛ですよねっ！」

「うわっ⁉」

俺のデスクの下にいつの間にか潜り込んでいたエリーゼが股の間から笑顔で出てくる。

「なんで俺の思っていることが分かったんだ⁉」

邪気眼から流れてくる映像は俺の脳に直接入ってくる。だからエリーゼには分からないはずなんだが……。

「それは長年ノルドさまをお慕い申しておりますのですぐに分かっちゃいます」

監視カメラでワルドをスパイしていた俺の情報がエリーゼに筒抜けだったなんて、笑うに笑えない。

「ノルドさまぁ、さぞかしご心労だったでしょう。私がご奉仕で癒やしてさしあげますね」

令嬢だけあって以前は辿々《たどたど》しい服の脱ぎ方をしていたが、今は慣れた手つきでメイド服のブラウスのボタンを外し、ブラジャーを取るとエリーゼは俺にけしからんたわわを披露してしまう。

なっ⁉

それに止《とど》まらず、目にも留まらぬ速さで俺を癒やしてこようとする。

上目遣いで俺を見てきて、あまりのエロかわいさに抵抗する気力が萎えるのとは裏腹にご子息は立派になりすぎてしまっていた。

これじゃエロいオフィスラブ物でそれこそ筒抜けならぬ、筒抜きじゃねえか！

エリーゼに心の中で突っ込んでいるとベッドの下に隠れていたマオが姿を現す。

いやそんな狭いところに潜んでたのかよ！

「ちょっと待って！　エリーゼの代わり映えのしないテクなんて飽きただろ。あたしがしっぽでしてあ・げ・る♡」

しっぽ使うとかハイレベルすぎじゃね？

マオは人差し指と親指で輪っかを作るべきところをしっぽで輪っかを作って舌をいやらしく動かしている。

いやなんてプレイをしようとしてるんだよ！

「ご奉仕いたしますね♡♡♡」

「あっ、あっあああああぁぁぁぁぁぁぁ――――！」

賢者となった俺にふと良《い》いアイデアが浮かんだ。

仕方ねえ、毒親もまとめて教育してやるしかねえよなっ！

あとがき

お買い上げ頂き、誠にありがとうございます。

本作は第9回カクヨムWeb小説コンテストにて、多くの読者様にご支援頂き書籍化する運びとなりました。私が初めて読んだラノベが吉岡平《よしおかひとし》先生の『宇宙一の無責任男シリーズ』で、まさかそのうん十年後にファンタジア文庫からデビューするとは夢にも思わなかったです。その当時の私におまえはファンタジア文庫でデビューするんだぞ～と伝えてやりたい気分です。

ということで、もう裏事情を語っても大丈夫かな？　カクヨムから受賞連絡を頂いたまでは浮かれ気分でいたのですが、初打ち合わせで編集の小林様から「センシティブ過ぎて出せません」とのお言葉を聞いたときには、目が点になりました。にも拘《かか》わらずこうやって日の目を見ることができたのは小林様のご尽力のお陰で感謝の言葉もございません。また本作のイラストををん先生にご担当頂いておりますが、小林様からデータを頂き、一目見た瞬間に唸《うな》ってしまいました。う～ん素晴らしい、をん先生、私の脳みそをご覧になりました？　と思うほど理想を具現化してもらいました。

感謝と言えば、本作を執筆するに当たり、小説系YouTuberのH先生並びにチャンネルリスナーの皆様から多大なるご助言を頂いております。またW先生には小説を書く上での基礎を学ばせて頂きました。もし、先生方と皆様のご助言がなければ受賞できていなかったのではないか、と思っております。

編集の小林様、イラストレーターのをん先生、校正及び製本に携わって下さった皆様、多くの方々に支えられ、書籍化できたことを改めて感謝申し上げます。ありがとうございました。

東夷《とうい》

お便りはこちらまで

〒一〇二－八一七七
ファンタジア文庫編集部気付
東夷（様）宛
をん（様）宛

富士見ファンタジア文庫

エロゲの伯爵《はくしゃく》令嬢《れいじょう》を奉仕《ほうし》メイド堕《お》ちさせる
悪役御曹司《あくやくおんぞうし》に転生《てんせい》した俺《おれ》はざまぁを回避《かいひ》する
その結果《けっか》、メインヒロインが勇者学院《ゆうしゃがくいん》で毎日《まいにち》逆《ぎゃく》夜這《よば》いに来《く》るのだが……

令和7年2月20日　初版発行
令和7年4月10日　3版発行

著者――東夷《とうい》

発行者――山下直久
発　行――株式会社KADOKAWA
〒102-8177
東京都千代田区富士見2-13-3
0570-002-301（ナビダイヤル）
印刷所――株式会社KADOKAWA
製本所――株式会社KADOKAWA

ISBN978-4-04-075815-2 C0193 ◆◇◇

切り拓け！キミだけの王道
ファンタジア大賞
原稿募集中！
賞金
《大賞》300万円
《金賞》50万円
《銀賞》30万円
選考委員
細音啓「キミと僕の最後の戦場、あるいは世界が始まる聖戦」
橘公司「デート・ア・ライブ」
羊太郎「ロクでなし魔術講師と禁忌教典《アカシックレコード》」
ファンタジア文庫編集長
前期締切 8月末日
後期締切 2月末日
公式サイトはこちら！ https://www.fantasiataisho.com/